「悪いようにはしない。約束する。
俺は、お前が好きだ。惚れてる」

極・嫁

CROSS NOVELS

日向唯稀
NOVEL: Yuki Hyuga

藤井咲耶
ILLUST: Sakuya Fujii

CROSS NOVELS

CONTENTS

CROSS NOVELS

CONTENTS

極嫁
GOKUYOME
CROSS NOVELS

1

夏とはいえ、そろそろ洒落《しゃれ》にならない暑さに仕事の手が止まり始めた七月のことだった。

多少なりとも清涼感が味わいたくて、東京《とうきょう》地方検察庁に勤める検察事務官・佐原芳水《さはらよしみ》は昼休みに外へ出た。

手にはコンビニエンスストアで購入したサンドイッチと缶コーヒー。向かった先は東京のセントラルパークとも呼ばれる日比谷《ひびや》公園、そこにある大噴水を横目にランチをとるのが、最近の彼の日課だ。

初めは、そうでなくとも暑苦しい同僚がいる部屋から逃げたい一心で起こした行動だったが、今となってはかっこうの気分転換、効率のよいストレス解消になっている。

青々とした空と緑に囲まれているだけで、自然と深呼吸ができた。

コンクリートの中では感じることのできない自然の息吹に触れることで、過酷な業務で疲れ果てた心身を多少なりとも癒してくれるのが心地よく、気がつけば雨の日以外は通うようになっていたのだ。

『あとひと月もしないうちに、夏祭りか』

ただ、そんな解放感の中、貼られた盆踊り大会の告知ポスターに何気なく目を留めると、佐原の胸は締めつけられた。

ふいにサンドイッチを持つ手が止まる。

形のよい、薄く色づいた唇がギュッと噛み締められる。

『紗奈江《さなえ》さんが殺されてから、小百合《さゆり》さんが後を追ってから、もう…十五年か』

夏の終焉《しゅうえん》を彩《いろど》るイベント、日本《にほん》の代表的なお祭り行事。

本来ならどこか甘酸っぱい思い出を残していても不思議のない夏の風物詩だが、それは佐原にとっては悲劇としかいいようのない記憶が封じ込められたキーワードだ。

『早いな…。時間が経《た》つのは』

心から大切にしていた、愛していた家族同然の人間を失《な》くした季節、これ以上ない悲劇を佐原が経験したのが、十五年前の夏祭りの夜だったのだ。

〝どうして、どうしてこんなことに。いったい、誰がこんな目に遭《あ》わせたんだよ！〟

その事件は、何度見直しても、おかしなことしか目につかない殺人事件だった。

〝嘘だ。こんなこと、あるはずがない。いくらなんでも、ありえない‼〟

当時まだ中学三年生だった佐原の目から見ても、それから十五年の月日が経った事務官・佐原の目から見ても奇妙としかいいようがないもので。まるで、何か巨大な力で押し潰《つぶ》された、闇から闇へと事実が葬《ほうむ》られたようにしか思えないものだった。

『起こった事件の被害者も加害者もすべてが死んだ。殺し、殺され、そして最後は自殺。そんな馬鹿な話があるもんか。できすぎた話があるもんか。あの事件には必ず裏がある。暴かれていない、暴かなくてはならない真相があるはずだ。必ずどこかに、誰かの記憶の中に』

それだけに、佐原はどれほど時間がかかっても、この事件の真相を知りたいと願っていた。

そしてその願いは、ときと共に「誰も教えてくれないのなら、自ら暴いてやる」という意識に変わっていった。

その真相の先にもし真犯人がいるのなら、この手で捕まえて法廷に送る。処刑台に送ることこそが、自分にできる唯一の復讐《ふくしゅう》であり、愛する者たちへの一番の弔《とむら》いだと決意も固まった。

ただ、どれほど思いが強くても、現実的には努力と執念だけではどうにもならないことばかりが佐原の前には立ちはだかった。

わずかな手がかりでさえ、ときと共に効力を失くし、あったかもしれない事実を風化させる。

しかも、佐原は少しでも真相に近づきたいがために事務官という仕事を選び、そして就いたにもかかわらず、かえってそのことが自分の無力さを実感させる結果にもなっていた。

司法に、刑事事件にかかわればかかわるほど、自分が追っている事件の難しさを理解した。

と同時に、いかに自分が無謀なことをしようとしているのか、そんな厳しさばかりを知ることになっていたのだ。

『四月に決まった法改正のおかげで、時効はなくなった。もう、真犯人に逃げ得はない。たとえ警察が終わった事件として片づけても、地検の誰もが公訴しなくても、俺は絶対に諦《あきら》めない。俺だけはあの事件を忘れないし、真相を追求することもやめない』

佐原が一番危惧していた事件の時効問題は、この春なくなっていた。

もはや、法では裁くことができないのかと失望しそうになった矢先に、法改正が決議されたのだ。

『手がかりはまだ残されている。奴がすべてを知っている、もしくはなんらかの経緯を知っている可能性は充分残っている』

まだ、希望は絶たれていなかった。

自分が諦めない限り、起こった事件を忘れない限り、完全な迷宮入りにはならない。

佐原は、そんな思いを胸に一度は伏せた顔を上げた。

再び手にしたサンドイッチを口に運び、すっかり食べ終えてしまうと、残ったゴミを持ったまま、職場へ戻るべく立ち上がった。

『何より、真犯人である可能性だって、決してゼロじゃない』

勢いづけて腰を上げた佐原に驚き、足元に集っていた鳩がいっせいに飛び立っていく。

『必ず尻尾を摑んでやる。どこからか、切り込む先を見つけてやる』

数え切れないほどの鳩が舞い上がった空の向こうには、日本の政治の中枢、国会議事堂があった。

そしてそこには、佐原が事件を追い続けるうちに行き当たった重要参考人、今や当選六期の大物参議議員・陶山寿光《とうやまひでみつ》国土交通大臣が、赤絨毯《じゅうたん》を踏みしめ君臨している。

『そのためなら、俺はなんでもする。この際、誰でも利用する。とはいえ、おそらくチャンスは一度きり、二度はないと思ったほうがいい。それほど相手は大物だ。奴が事件にかかわっていたという確証を摑むまで、俺が探っていることも知られるわけにはいかない』

十五年前より力をつけて、確実に当時以上に用心深くなって、これまで築き上げてきた政治生命を死守しつつ、まだまだ快進撃を続けているのだ。

「ただいま戻りました」

しかも、佐原が追う陶山の恩恵を、今現在誰より受けているのが、部屋を共にし、席を隣り合わせている検察官・飯塚堅司《いいづかけんじ》――陶山のたった一人の外孫だった。

「お帰り」

優秀なのはもとより、二枚目で家柄もいい飯塚は、東京地検に勤める女性たちの憧れの的だ。年の頃は佐原とそう変わらないが、将来を約束されているだろう彼と事務官の佐原とでは、やはり大きな隔たりがある。厚くて高い壁もある。

偶然とはいえ、そんな彼とこの春から一緒に仕事をするようになったのは、事件を追う佐原にとっては絶好のチャンス、まさに女神が微笑《ほほえ》んだような展開なのだが…。

「ちょっといいか?」

実は、彼こそが佐原にとっては暑苦しくて面倒なだけの男。本来なら、書類を片手に昼食をとりたいぐらい多忙な佐原を公園へと走らせ、何かにつけて失笑を誘う困った同僚だった。

「はい？」

飯塚は、外から戻った佐原を見るなり、仏頂面で歩み寄ってきた。

「昨日回ってきたものなんだけど、この二件の起訴期限が同じ日なんだ」

そのくせ、仕事の話をするのに、どうしていちいち背中に手を回してくるのかがわからない。

一つの書類を二人でのぞく必要性も感じない。

しかも、出会ったときからこういう態度で、これが彼の癖だというならまだ仕方がない。幼少時代に海外生活も長かったらしいので、スキンシップが激しいだけだと諦める。

が、飯塚がこんなふうに接してくるようになったのは、かなり最近からだった。

それまでは「事務官なんて検察官の小間使いだ。お前は黙って俺が指示することだけしていればいい」という鼻持ちならない態度だったにもかかわらず、ある日を境にこうなった。

『顔が近いって。うっとうしいな』

ついついこんなふうに思わせるほど、接近してくるようになったのだ。

佐原が職場用にかけている黒ぶち眼鏡が伊達《だて》だとわかり、その素顔が本当はコケティッシュで艶《あで》やかなものだとわかった翌日から。

そう、一見ダサくてガリ勉学生のまま大人になったような印象を与える佐原が、本当は視線一つで他人の心臓を鷲掴みにしてしまうような眼差しとそれに見合う極上なルックスを持った美青年だったと知ったときから、百八十度態度が変わったのだ。

それがあまりに見事すぎて、佐原は呆れてものも言えなくなった。正直と言えば正直だし、素直と言えば素直でわかりやすい単純男なのだろうが、それにしたってあまりにあからさまで、佐原は失笑するしかなかったのだ。

「それで、こことここが引っかかってるんだが…」

『だから、くっつくなって、このクールビズの敵が!!』

たとえ、どんなに飯塚がクールな中にも甘くて爽《さわ》やかな演出を心がけてコロンを選んでいたとしても、そもそもこの手の香料を嫌う佐原には、嫌悪感が増すだけだった。

「俺としてはこっちを後回しでもいいかなって思うんだけど、お前どう思う?」

『そんなの知るか!! それを判断するのが、お前の仕事だろう』

小間使いから相談相手、そして仕事上のパートナーまで昇格してやったぞというアピールにしても、ただただ面倒で馬鹿らしくて仕方がなかった。

「やっぱり、そのほうがいいよな?」

『最初から決めてて聞くなって。いい加減に、一発殴ってやろうかな』

女性職員なら腰砕けになるかもしれないインテリ王子の微笑も、こうなるとストレスの根源でしかない。

これまで、同性に懐かれていい思いをしたことがない佐原にとっては、ただの嫌がらせでありセクハラだ。

『――――いや、我慢だ我慢。こいつは陶山へのかけ橋だ。ある程度の信用や関係を作っておいて損はない。むしろ、公私共にかかわれるぐらいじゃなければ、陶山への橋にもならない。陶山がこいつを溺愛している限り、邪険にはできない』

目的があるから我慢しているようなもので、これがなければ今頃手が伸びた瞬間にも背負い投げの一本は決めている。

もしくは、忘れた頃に躓《つまず》いたふりでもして、階段から突き落としているだろう。

「で、これは別の話なんだけど、今夜食事にでも行かないか？　いい店を見つけたんだ。落ち着きがあって、それでいて酒も堪能できる店が」

『だから、無駄に近づくなって!!　背中を撫でるな、気持ち悪いっ』

と、思わず鳥肌を立てた佐原を救ったのは、携帯電話にメールが届いたことを知らせるバイブレーションだった。

「――――あ。すみません。ちょっと失礼します」

佐原は逃げるようにして飯塚から離れると、そそくさと出入り口に向かった。

あたかも電話を受けるようなふりをして、そのまま廊下へ出ると、トイレまで移動する。

『はー。最悪だ』

そして、個室に籠《こも》ったところでようやく、届いたメールを確認した。

〝サマーセールのご案内〟

タイトルを見るなら、よくある広告メールだった。

本文を見たところで、内容は夏物スーツのバーゲン開催日時が三日分ほど記載されているだけで、特に変わった様子はない。お得意様限定の招待メールだ。

『この前頼んだ、小野寺《おのでら》容疑者の件だな』

佐原は開催日時の中から一つを選んで出席の返信をすると、受信メールをすぐに消去した。そして、送信したメールさえ消去し、何事もなかったように個室を出て、部屋まで戻った。

『今週、金曜の十時か』

書かれた日時だけを見るなら、日中の催しものだった。

だが、当日になって佐原が向かったのは、深夜の二十二時。それも、帰宅後シャワーまですませて訪ねた先は、白金台《しろかねだい》にある十階建てのメゾネットタイプのマンションだ。

『もう、来てるかな？』

慣れた手つきで暗証番号を押して、エントランスの扉を開ける。

そのままエレベーターで最上階まで行くと、一番奥にある原田《はらだ》と書かれた表札の部屋の合い鍵で、中へ入る。

まるで自宅に帰るような感覚だ。

『声が聞こえる。いるにはいるみたいだな』

入口からリビングやダイニングキッチンに至るまで、北欧製の家具で統一された部屋は、シンプルかつスタイリッシュで持ち主のセンスのよさが窺《うかが》える。

特にリビングの一角に取りつけられた螺旋階段は、華やかな存在ながらも上品さを兼ね備えており、佐原も他人の部屋ながら気に入っている。

『――来たか？』

しかも、下から上がってくる小気味よい足音が一定のリズムで響いてくると、そこから先はショータイム。一分にも満たない家主の登場シーンになるわけだが、佐原は思わず身構えた。

自然に潤う口内のために、ぐっと固唾を呑む。

「お、待たせたか？」

階段を上って現れたのは、眩《まばゆ》い銀の螺旋階段さえ霞みそうな存在感を放つ、長身で凄艶《せいえん》な漢《おとこ》、関東連合磐田《いわた》会系朱鷺《とき》組の長・朱鷺正宗《まさむね》だった。

高級ブランドのスリーピースの前を開いて着崩すのは、彼がプライベートタイムに入った証《あかし》。他の者ならだらしなく見えるだけだろう姿さえ、独特の色香に変えてしまうのも、この男ならではだ。

同性の目から見ても、腹立たしい。セクシーさでは負けないだろう佐原でも、朱鷺の放つワイルドな色気には、何度となく嫉妬を覚えた。

普段、厳格な法曹界に身を置く佐原にとって、何をするにしてもフリーダムで勝手気ままで唯我独尊を地で行く朱鷺は、尊敬はできないが魅力的な漢だ。

正反対の世界に生きる相手だからこそ、惹かれてしまうのかもしれない危険分子だ。

「今、来たところだよ」

佐原は答えながら、自分からも歩み寄った。

誰を相手にしてもそっけない口調の佐原に、朱鷺は笑って手を伸ばす。

「そっか。風呂まですませて、相変わらず無駄がないな。たまには洗ってやるから、そのまま来いよ」

口説き慣れた滑舌のよさと、さりげないムード作りは、飯塚のそれとは天と地ほどの差があった。

伊達に吉祥寺《きちじょうじ》から新宿《しんじゅく》、銀座《ぎんざ》と大型のクラブを何軒も経営はしていない。店を仕切る気丈な女たちをも骨抜きにしてしまうという噂は、どうやら噂ではなく事実のようだ。

「そこまでサービスするほどの情報は、まだ貰ってないよ」

漢が惚れる漢と言わせる朱鷺は、関東一帯でも名の知れた極道で、女ったらしで、そのくせどこか甘え上手だ。

「ちぇっ。どんなヤマなら、もっと愉《たの》しませてくれるんだかな〜。俺の飼い主様は」

年だけで言うなら朱鷺のほうが上なのに、佐原は今夜も、あるはずもない母性本能を擽《くすぐ》られそうになる。

「そんな御託《ごたく》はどうでもいい。ベッドで待ってるから、シャワー浴びてこい」

これ以上戯《たわむ》れるのは危険だ。そんな気がして、佐原は話を切り替えた。

二人の逢瀬のためだけに用意されたマンションに、佐原が買いに来たのはスーツでもなんでもない。表からは捜査困難と踏んで依頼した裏情報だ。

「たまには、嘘でも言えないのかよ。このまま来てとか、お前の匂いを確かめたいとか」

その代償として、佐原は朱鷺に一晩尽《つ》くす。

自分を好きなように抱かせて、代わりに得たい情報を貰う。

「昼間の暑さにやられたか？」

あるのは危険と背中合わせの報酬だけで、他には何もない。たとえどんなに朱鷺がふざけたところで、佐原は軽く受け流すだけだ。

「そうかもな」

だが、最近朱鷺は、それを許そうとはしなかった。

今夜も口では同意しながら、突然抱き寄せ、口付けてくる。

「んっ!!」

驚く間もなく、佐原は腕の中に落とされた。

激しくも甘い口付け、ときおり見せる獣の牙に威嚇《いかく》され、突き放すことさえできないまま、濃密な一夜にのめり込んでいく。

「あんまり邪険にすると、飼い犬だって手を噛むぞ」

朱鷺は唇を離すと、佐原の手を取り軽く指先を噛んできた。

『勘弁してくれ』

濡れた舌先で指の腹を撫でられると、それだけで背筋がぞくぞくした。

ポーカーフェイスが保《たも》てない。佐原の目が妖《あや》しく潤む。

「シャワーは後回しだ。一秒でも惜しい」

朱鷺は、佐原の身体を軽々と抱き上げると、迷うことなく寝室へ向かった。

『こいつの匂いは、麻薬と同じだ。雄の本能さえ狂わせる至高の媚薬だ』

シャワーと石鹸の清々《すがすが》しい香りが残る佐原にとって、ありのままの朱鷺の匂いは、それだけで雄を感じるものだった。

自分にはない不思議なフェロモンに包まれると、ただただ圧倒される。

「夜は長いようで短い。短いようで長いなんてことはないからな」

それでも、佐原は広いベッドに放り出されると、腹をくくったように目を閉じた。

これは同意のもとでの性交だ。愛などなくても、快感があればいい。

「特に、夏の一夜は」

たとえ自分になくても、朱鷺にあればそれでいい。

朱鷺さえ満足すれば、佐原の役割は果たせるのだから――――。

＊＊＊

ベッドの中央で寛《くつろ》ぐ朱鷺に跨《また》がり、佐原の肉体はずいぶん前から小舟のように揺れていた。

「んんっ…っ」

自分では触れたこともない肉体の奥を、じわじわと突かれる。そのたびに柳眉を顰《ひそ》め、声を殺して喘ぎ続けた。

「また締まった――いい具合だ」

部屋の空調は行き届いているはずなのに、利いている気がしない。

すでに呼吸か喘ぎかもわからない。強情な性格を示すように噛み締めた唇が開いて「あ…」と漏れるたびに、全身がわななき汗ばんでいく。

もう、佐原の髪や肢体から石鹸の香りはしない。彼から放たれるのは、朱鷺にとってはたまらない淫靡《いんび》な香りだ。

「中も前もひくひくして、面白いぐらいだな」

そんな様子を見ながら、朱鷺が憎らしいほど艶やかな笑みを浮かべてきた。

徒《いたずら》に佐原の胸の突起を抓《つま》んで、爪を立てる。

「っ」

佐原は全身が性感帯にでもなってしまったように、どこを触れられても、膨れ上がったシンボルと肉体の奥に刺激が走るようになっていた。

事あるごとにぶるぶると身体を震わせる様を眺《なが》める朱鷺は、佐原に変化が起こるたびに口角を上げた。

「別にいいぞ、イッても。見ててやるから、自分で扱《しご》けよ。俺はお前がイくのを見るのも好きだ。これはこれで快感だからな」

できることならそうしたい。膨らみ続ける欲望を強く握って擦《こす》って絞りたい。

いったい自分の中にどれほど残っているのかわからない愉悦の証を、空になるまで放出したい。

そんな願望が、佐原からも溢《あふ》れそうになっている。

「そんなことは…、いいから先にイけ。俺は…、それを受け止めるだけだ」

だが、そもそもこの肉体交渉は朱鷺を満足させるためにあるもので、自分が満たされるためのものではない。その現実がある限り、佐原が一人で暴走することはない。

ときおり我慢できずに焦《じ》れた肉体を捩《よじ》っても、それは許容範囲。朱鷺が今にも悶え狂いそうな姿を好んでいるのを、佐原は充分承知しているのだ。

「ちぇっ。相変わらずだな」

天を仰ぐように勃《た》たせた魔刀で肉体の中心を貫き上げて、徒に愛撫を繰り返す。

そうして徐々に乱れ、壊れていく佐原を見るのが愉しくて、あえて自分からはゴールを目指すことなく観察し続けるのが朱鷺の遊び方だ。

「限界なくせして」

ようは、佐原が耐えれば耐えるほど、朱鷺の愉しみは増す。だから佐原は耐えている。

これは意地でも、情報欲しさからでも、なんでもない。プライドとも、また違う。単に、佐原は危険を冒して情報を持ってきてくれる飼い犬に対して、できる限りの褒美を渡そうと努力をしているに過ぎない。それほど朱鷺は、優秀で信頼できる情報屋《イヌ》だった。

すでにこんな関係を築いて一年半が過ぎているが、朱鷺の仕事に嘘偽りがあったことは一度もない。佐原はその堅実さにまず感動し、確かな実績に繋がってきた感謝があったからこそ、できる限り彼の要望に応えよう、満足してもらおうとしているに過ぎないのだ。

「…っ、…るさい」

「可愛くねぇな、んとに」

「あっ」

だが、それでも小高く尖《とが》った胸の突起を指で突かれると、佐原はまた下肢を震わせた。

すでに限界まで広げられた後孔の奥では、熟れた内壁が事あるごとに収縮を繰り返している。

「脚、開いて立てろ。そのほうがもっと深く入る」

朱鷺は、白い胸元を弄《いじ》り飽きると、佐原の両膝をがっちりと掴んできた。

言われるまま片足ずつ動かすが、そのたびに内壁の奥の奥を擦られ、佐原は否応なく喘いだ。

「っ…ぁぁ」

蛙のような姿にされた恥ずかしさより、快感のほうが先走る。

摑まれた両膝を前後左右に揺すられるたびに華奢《きやしや》な身体が震えて、亀頭の小さな窄《すぼ》みからは白濁が零《こぼ》れてしたたり落ちた。

「も…」

それでも、前戯から焦らされ続けてかれこれ一時間近くが経っていた。

『――――いい加減にしろ。早くイッて終わらせろよ。こんなふうに時間をかけられるぐらいなら、さっさと犯されて放り出されるほうが、どれだけいいかわからないって』

努力や忍耐にも限界が来てか、佐原も叫び出したくなってくる。

「何、もっとってか？　ずいぶん淫乱になってきたな、お前も。最初の頃なんか抜いてやっただけで昇天して、入れてやっただけで意識不明って感じだったのに。最近じゃ、こいつを味わう余裕が出てきたか？　いいことだな」

しかし、朱鷺にとってはこれこそが待ちに待った極限状態の佐原の姿だ。

『そんなはずないだろう、この淫魔!!』

限界を自覚し、それが顔に出始める。

「お前の鞘《さや》は極上だ。実に名刀好みだ」

身体全体でも、表し始める。

「また、締まった。いい具合だっ…っ」

快感に忠実で従順な様は、見ているだけでゾクゾクとする。

仕事も何も忘れていっときとはいえ快感だけに酔う、朱鷺に溺れて愉悦だけに浸っているとき
の佐原は、それだけでご馳走だ。もっと追い詰めてやりたいとかき立てられるような、悩ましさ
ばかりが増してくる。

「んっ、ぁ――――んっ」

そうして堪《こら》えきれずに一線を越えると、佐原は一気に上り詰めた。

それに合わせたように朱鷺の欲望も放たれる。

「っ…」

肉体の奥で朱鷺が達したことを感じると、佐原はどこかホッとしたような顔をした。

「おっと」

その後は安心したのか、一人で意識を飛ばして、朱鷺の上に崩れ落ちてしまう。

「限界超えてるなら、もう許してって言やいいのに。んと、飼い犬思いの可愛いご主人様だよ」

このとき、朱鷺がどんな顔をしながら受け止めているのか、佐原は知らない。

「ｃｈｕ…」

小鳥のさえずりよりも優しいキス、佐原にはそれが現実だと思えたことがない。

『どんな悪夢だ』

恋人同士となんら変わらない寝間での余韻など、佐原にとっては夢か幻であって現《うつつ》ではない。たとえどんなに疲れ果てた肉体が、そして精神が心地よいと感じても、佐原の職務意識はそれをはるかに上回り、数分後には朱鷺から至福のときを奪うのだ。

「っ…っ、それで…頼んだ件は？」

佐原は朱鷺の腕の中で意識を取り戻すと、開口一番情報を求めた。

「もう少ししてからのほうが、しっかり頭に入るんじゃねぇのか？」

何も今、そんな話をしなくても——苦笑をしいられる朱鷺の心情など、お構いなしだ。

「いつまでもこうしてられるか」

だからといって、これで終われるわけではない。これで必要なことだけ聞いて、帰れたためしなど一度もないのに、佐原は同じ過《あやま》ちを繰り返す。

「でも、俺はまだ満足してない。息子もお前の中で、まだまだ暴れたいってよ」

「っゃ…っ」

今夜も朝まで眠れない。

まともに寝かせてもらえないまま、朱鷺の下に組み敷かれて、一夜を明かすことになった。

朱鷺に頼んでいた情報を佐原が得たのは、真夏の太陽が東の空を明るくし始めた頃だった。

「ドラッグ…⁉　小野寺がドラッグをやってたっていうのか？」

色気のないピロートークだな、そう朱鷺を苦笑させつつも、佐原はベッドから抜ける前に話を聞いた。

メモを取ることもなければ、着替えてからということもしない。あくまでも話が秘密裏なだけに、佐原は朱鷺にもっとも近いところで、小声ですべての話を頭に収めていくのが常だった。

「本人がやってたかどうかの確証はない。けど、それらしい男が売人と接触してたのを見たって奴がいた。他人の空似かもしれないが、まあ、あれだけの男前だ。そうはいないと思うがな」

そんな佐原が今回依頼していたのは、殺人事件の容疑者で小野寺という男の身辺調査だった。

本人の自供から逮捕、起訴へ踏み切ったものの、小野寺は裁判で突然、殺人ではなく正当防衛、過失致死を主張し始めた。

自宅を訪ねてきた友人である被害者が、何か余程面白くないことがあったのか、かなり酔っていて、支離滅裂なことを言いながら襲ってきた。それで小野寺は揉み合ううちに、偶然手にした酒瓶で応戦してしまい、誤って死に至らしめてしまったと言うのだが、どうも信憑性《しんぴょうせい》に欠けていて、捜査は一から小野寺という人物を探ることから始まった。

担当刑事も、飯塚や佐原も、揃って小野寺が何かを隠していると思っていた。友人との間に起こっていたトラブルが原因の、偶然ではなく必然の事件と睨《にら》んでのことだったが、それを立証するための肝心な決め手が出てこなかった。

このままでは時間ばかりを取られて、小野寺や弁護士と戦えない。

それで佐原は、朱鷺を頼った。

表からでは見つけられないことでも、裏からなら見つかることがある。

それが小野寺にとってまずいこと、隠し続けたいことなら尚のこと。また、ここから調べても出てこなければ、それは小野寺の主張が何より正しいという証拠にもなり、自身も納得もできることから、まさに「裏を取る」つもりで、佐原は朱鷺に動いてもらったのだ。

「で、その売人はどこの組の者なんだ？　見たって奴は、お前の知り合いか？」

そうして一週間も経たずに出てきた結果に、佐原は思わず力が入った。

癖と言えば癖だが、つい真っ向から聞いてしまった。

「それは自分で調べろよ。俺がお前に売れるのは噂話だけだ。いいところ、手がかり程度だ」

「――――っ」

しかし、朱鷺から返ってきたのはいつも通りの言葉、それも笑ってすまされた。

「そうでないと、すぐに足がつく。俺みたいな男を飼ってるってことが知られて困るのは、俺じゃない。お前のほうだろう？」

そう。朱鷺はいつも事件解決の糸口やきっかけはくれるが、直接人間を売るようなことは決してしなかった。

ときには言えない相手が絡んでいる場合もあるのだろうが、そうでなかったとしても、これに関しては最初のときから徹底していた。

「なにせ、俺はいざとなったら、ついつい好みだからやっちまった、職業聞く前に食っちまっただけだって言えば事はすむが、お前に同じ言い訳はできないだろう？　どんなに俺がいい男でも、一目でそうとわかる極道だ。知らなかったじゃ通らない」

売るのは情報だけで、人間は論外。たとえ極悪人でも、自分の口から名は明かさない。

それが闇に生きる朱鷺にとって最低のルールなのだろうが、こんな融通の利かなさまで魅力的に見えるから、佐原には始末に悪いと思えた。よくも悪くも一貫してブレがないのが、朱鷺正宗という漢の一番信用できるところなのだ。

「俺は、関東でも屈指の磐田会系朱鷺組の長だ。たとえ一目惚れしたところで、お前なら踏みとどまって当然だからな。もっとも、いざとなったら辞表書かせるぐらいメロメロにしてやる自信はあるけどな」

生半可に正義の味方を気取り、実際裏では何をしているかわからない法曹界の人間よりも、佐原にとっては朱鷺のほうが数倍も信用できた。

だからといって、朱鷺が言うような恋愛感情になることはないし、朝日の中で抱き寄せられても嬉しくない。

キスを迫られたところで、唯々諾々とは従わない。

「サービスタイムは終わったよ」

そう言って突き放し、すっかり身体に馴染んでしまったベッドから、抜け出す準備をするだけだ。

「自惚《うぬぼ》れるのも大概にしろ。お前が愉しんでるのは事務官相手のスリリングな密会ごっこであって、そうでなくなった俺にはなんの興味もないだろう？　俺だって同じだ。仕事に使えるから人《ひと》身御供《みごくう》になってるんであって、真面目にヤクザと付き合うほど酔狂じゃない」

佐原はプイと顔を背けると、身体を起こしてベッドから下り立った。

「一晩中喘いだわりには、言ってくれるな」

背中に、くびれた細い腰に、朱鷺の熱い視線が突き刺さる。

「言うだけはタダだ。税金もかからない。何より嘘も言ってない。お前に本気になるほど、俺は好色じゃないし、馬鹿でもない」

それを無視し、佐原は足元に落ちていたワイシャツを拾って羽織る。

「ちぇっ。やってるときはあんなに可愛いのに」

「なんか言ったか？」

あとは、衝動のまま剝がされた衣類をかき集めたら、バスルームへ直行だ。

「次の依頼、お待ちしてます」

朱鷺がベッドから出てくることはない。

「――――馬鹿言ってるよ」

朱鷺は寝室で佐原を見送り、その後は一人で一服する。

情事後に何を考えているのかは、朱鷺自身にしかわからない。

佐原もあえて気にすることはせず、手早くシャワーをすませて身なりを整えると、再び寝室に戻る。

その間、平均して十五分程度だ。

「なんにしても、助かった。ありがとう」

佐原が戻ったとき、朱鷺は大概ズボンだけを身につけてベッドの端に腰かけている。

三本目の煙草を吸い終え、揉み消していることが多い。

「おう。あ、そうだ。俺が言うのもなんだが、用心してかかれよ。たぶん、お前が思ってるより何倍も厄介だぞ、その小野寺って男は」

こんな忠告を加えるかどうか、迷っていたのかもしれない。

いっそう冷静になった頭で、佐原は容疑者への警戒心を高めていく。

「安心しろ。お前より厄介な男なんて、きっとこの世にはいない。これだけ絡んで未だに令状を取れるような尻尾を見せたことがないんだから、たいしたもんだよ。磐田の朱鷺は」

最後は笑ってすませるが、部屋を出ようとした佐原を追って、朱鷺が立ち上がる。

「それを飼ってる、お前もな」

じゃれるように、名残《なごりお》惜しむように、抱き締めてくる。

「――――っ、朱鷺」

「しっ。何も言うな」

それは昨夜の情事を一からやり直すような光景だ。

『こいつなら、陶山の裏も探れるだろうか？　少なくとも朱鷺の上にいる磐田会の鬼塚《おにづか》総長なら、どこかに伝《つて》を持ってるだろうか？』

何か言いたげな鋭い眼差しには、冷静な佐原の顔が映っていた。

『確か、鬼塚の片腕の久岡《ひさおか》組の組長は、元警視庁の人間だ。内部告発をしたがために消されかかったところを、鬼塚に助けられたと聞く。そんな経緯がある男だけに、かなりの事情通だろうし、伝《つて》もあるはずだ』

その日に吸い込まれるうちに、キスをされる。

何も言うなと釘を刺された佐原は、特に拒《こば》むこともなく黙って受ける。

『――――が、そこを突けば、逆に俺も突かれる。向こうは転職ずみだからいいけど、こっちはまだ現役だ。少なくともまだ辞めるわけにはいかない立場だ。犯人をこの手で捕まえるまでは』

無意識のうちに、朱鷺に酔う。

朝日の中で見る完成された肉体は、夜に見るそれとはまた違う。

健康的で、日々鍛《きた》えられているのが現れていて、抱かれていると不思議なほど安心する。

『とはいえ、選択を間違えただろうか？』

だからこそ、迷う。つい、朱鷺から唇を離して、視線も逸《そ》らす。

『どうせ飼うなら、もっと安心して業火の中へでも放てる犬にすればよか――――!?』

すると、朱鷺は逸れた佐原の顔を、その頬をぐっと摑んで引き寄せた。

「何を考えてる？　人が目いっぱい気合いの入った見送りしてんのに」

「何って、別に」

ごまかそうとしても、通じない。それはもう、わかっている。

「――――っ。すまない。つい、仕事のことが頭によぎった」

佐原は、これは素直に謝った。お前に関係ないと言ってしまえばそれきりだが、別れ際に機嫌を損ねるようなことはしたくない。

「一番の逃げ口上だな」

「別に、俺に逃げなきゃいけない理由はないけど」

「それもそうか」

そんな佐原の心情を察してか、朱鷺はたとえ自分が納得できなくても、こうして適当に流してくれる。

佐原にとっては嫌になるぐらい、気の利く男だ。

『相変わらず勘のいい漢だな。忠実で、義理堅くて、決して主を裏切らない』

だから迷う。余計に踏ん切りがつけられなくなる。

『俺は、よくも悪くも選択を間違えたかもしれない。極道の犬なんて、すぐに使い捨てるつもりだったのに…。未だに陶山に向かって、噛ませることもできない。いや、嗾《けしか》けることさえ躊躇《ためら》っている』

これも情というものなのかもしれないが、佐原は朱鷺と逢瀬を重ねるごとに、本来の目的から遠ざかっていく自分に戸惑い始めていた。

「なんにしても、近いうちにまた頼み事をするとは思う」

表から追及するだけでは事足りない。危険も伴う。だから裏からの捜査を試みよう。まずはそこから過去へさかのぼり――事件と陶山の繋がりを確実なものにしよう。

そう思い、自身の肉体さえ手放したというのに、未だにその依頼ができない。

佐原は、陶山という名前さえ、朱鷺には告げたことがない。

「こっちは毎日頼まれてもいいぞ。報酬がいいからな」

「生憎《あいにく》、そこまでする義務は一度として感じてないよ。まだまだ薄給だしな。じゃ」

ここ最近、佐原は自分に「焦《あせ》りは禁物だ」と言い聞かせてはいるが、このままでは朱鷺を使えないうちに手放しそうな予感がしていた。

自ら陶山の懐に切り込むことを決めたら、自分は間違いなく身の回りの人間を排除していく。誰にも迷惑がかからないように、巻き込まないように、自然と距離を置いてから行く。

そう思ったとき、なぜか真っ先に朱鷺との縁を切りそうな気がしたのだ。

「おう。気をつけて帰れよ」

今朝も寝室の出入り口で見送る、玄関にさえ出てこない用心深さを持った極上の犬から、真っ先に――。

2

部屋から佐原の気配がなくなると、朱鷺はそのままシャワーを浴びに浴室へ入った。

すると様子を見計って、下の階から決まって足早に上がってくる男がいた。

精悍なマスクに鍛え抜かれた鋼の身体。身長は朱鷺と大差がないが、硬質な印象は数段上だ。

男の名は、本間竜司《ほんまりゅうじ》――朱鷺とは兄弟のように育った、組の中でも重鎮中の重鎮だ。

組長の側近でありながら、あえて若頭などの役職に就かず、ひたすら朱鷺の傍《そば》で警護にあたって、彼の手足となって朱鷺組を支えることに人生を懸けている。筋金入りの極道であり、事実上朱鷺組のナンバー2だ。

「いつまでこんなことを続けられるおつもりですか？　よりにもよって事務官と内通してることが知れたら、面目も何もありませんよ。それも向こうから情報を引き出すならともかく、こっちから流してるなんて」

そして、そんな本間だからこそ、許される発言があった。

「もちろん、いざとなったら噂話をしただけだ、好みだったから食っただけだでまかり通せる程度のネタしか流してないのはわかってます。たとえ敵対している組のチンピラであっても、売ったりしない。そういう流儀の上で、彼と絡んでらっしゃるのは重々承知してますが…」

バスタオルを手に、脱衣所でぼやく。

「けど、誰もがそれで納得してくれるとは限りません。相手は検察庁の人間です。本来なら敵対して当然の相手ですからね」

どんなに朱鷺が気分を害そうが、本間だけは遠慮しない。朱鷺のため、組のためだと思えば、逆鱗《げきりん》に触れる覚悟で思ったことを発言するのが、本間という男だ。

「――言いたいことはそれだけか。あんまり野暮なことばっかり言ってると、馬に蹴られて早死にするぞ」

それがわかっているだけに、出てきた朱鷺もムッとした顔はしていたが、本気で怒っているわけではなかった。

用意されたバスタオルを奪い取って身体を拭《ぬぐ》い、腰へ巻くと一呼吸する。

眉を吊り上げている本間の横を素通りすると、さっさとキッチンへと入ってしまう。

「…っ、組長」

後を追った本間の目に飛び込んでくるのは、紅蓮に包まれた釈迦如来《しゃかにょらい》。

昔から朱鷺組が根を張る吉祥寺の地に重ねた、吉祥寺の本尊。

勇ましくも慈悲深い姿が、朱鷺の背には彫り込まれている。

おそらく、彼の後を追ったことのない佐原は、じっくりと見たことがないだろうものだが、名人と呼ばれる男の手にかかった朱鷺の背には、見慣れたはずの本間さえ魅了する仏が宿っていた。

「そう、目くじら立てるなって。今更、言わなくたってわかってんだろう？　こんなの逢瀬に必要な口実だ。お互い寄り合う理由がなくなったら、素っ裸で絡むこともなくなる。ただそれだけのことだ」

朱鷺は冷蔵庫から缶ビールを取り出すと、そのままの姿でリビングに向かった。

「だったらいっそ、こっちに引き込めばいいじゃないですか。組長が本気で惚れてるとおっしゃるなら、私らだってそれなりに覚悟を決めますよ。向こうが何もかも捨てて朱鷺組に来ると言うなら、全力で迎え入れます。彼を、私たちの姐《あね》として一から教育もし直しますから」

追いかけ続ける本間を無視して、洒落た北欧製のカウチソファに腰をかける。

「馬鹿言え。あいつはそんな玉《タマ》じゃねぇよ」

鼻で笑いながらビールを開け、火照《ほて》った身体を一気に冷ますように飲み干していく。

「――――はぁっ。どんなに身体が溺れても、気持ちまでは溺れない。快感に弱いのは肉体だけで、精神のほうは鋼だよ。少なくとも、俺より下にいるだろう人間がどうこうできると思ったら、大間違いだ。素人《しろうと》だと思って高くくってると、お前もえらい目に遭うぞ。んと、可愛いのはやってるときだけだからな、佐原事務官は」

溜息なのか、それとも喉越しのよいビールのためなのか、朱鷺がついた溜息の意味は、たとえ本間でもわからない。

「そんなこと言って、ある日突然恋人でも作られたらどうするんです？　もう危ない橋は渡らない。そう言われて切られたら、おしまいですよ。それこそいい面《つら》の皮になりかねない」

本間は、空になった缶を受け取り、ソファ前のテーブルへ置いた。

代わりにスーツの懐から煙草を出して、朱鷺がそれを咥《くわ》える前にライターも出す。

「そう言われたら、そうだな――」

何度見ても、朱鷺は煙草一本を手にした姿さえも絵になる男だった。

たとえ極道というリスクがあっても、それを承知で朱鷺に惚れ込む人間は跡を絶たない。本間とて、今更佐原が朱鷺から離れられるとは思っていない。

実際、これだけ彼に大事にされて、離れていった人間など、本間は過去に見たこともない。

だが、それでも佐原はあまりに自分たちとは違う世界に生きる相手。本間は危惧することはあっても、安心できない。朱鷺の意識が佐原に向けば向くほど、今の関係でいいのか？　大丈夫なのかと、心配せずにはいられなかったのだ。

「けど、作れるもんなら、いっそ一度作ってみてほしいかもな。朝から晩まで仕事ばっかしてねぇで、男でも女でも作って絡んでくれりゃ、今よりもう少し可愛げも出るかもしれねぇ」

「は？」

「それに、よそでやってくりゃ、俺のよさが今以上にわかる。あいつにとって俺より快感を与えられる人間なんかいやしない。身も心も満たせる奴なんかこの世にいないって。そう、改めて実感するだろうからよ」

もっとも、親の心子知らずとは、こういうことだろう。

本間は朱鷺の親ではないが、あまりに自信たっぷりに言われて、奥歯を嚙んだ。

「すみません。そこまで自信がおありなら、もう何も言いません。心配した私が馬鹿でした」

いっそ一度ぐらい、痛い目に遭うのも人生勉強かもしれない。

いや、むしろここでフラれてみたら、世の中のモテない男の心理も少しはわかるだろう。

そんな気持ちから、テーブル上に置いた空の缶ビールを手に取った。

「確かにそうですね。これまで組長が手を出した女たちは、一度は離れますけど、全員戻ってきましたもんね。そのたびに増えていく一方で、こっちはそのたびに引かせるのが大変だったのを思い出しました。むしろこの一年半、それがなくなっただけ私たちは彼に感謝しなきゃいけないのかもしれない。彼と絡んでからの組長は、新規開拓することがなくなった。適度に抜きたいときでも、今も残っているものわかりのいい女だけですませてくれるようになりましたからね」

憂さ晴らしとばかりに、缶を潰して折りたたんでいく。

「そう言うな。拗《す》ねるなよ」

さすがに機嫌を損ねた本間に、朱鷺が苦笑した。

「拗ねてません。ただ、それだけ自分に自信がおありなら、そろそろ色恋ではなく磐田の中で発揮してもらえないかと願ってるだけです」

「磐田で?」

「そうです。磐田で、です」

佐原のことに関しては、何を言ったところで無駄だと諦めたのだろう。本間は、ここぞとばかりに話を切り替えた。

「磐田会系の組長の中で、組長が一番お若いのは私も重々存じてます。組長が年功序列を重んじているのも、ご自身が派手なわりに、実は控えめな性格をされているのもすべて承知の上でお願いしてます」

普段、舎弟たちの前では決して口にはしないことも、今日ばかりは口にした。

「そろそろ、私らにもデカい夢を見せてください。この際鬼塚総長を落としてください。磐田の朱鷺はここで終わる漢じゃない。八島《やじま》や久岡に劣る漢じゃない。どうして組長が鬼塚総長の傍に行かないのか、そこで力を発揮しないのか、私らにはわかりません」

いつもなら、こんなことを言う者がいれば、まあまあと宥《なだ》めているのが本間だが、それにも限界が来たらしい。

「私らにとっての我が殿は朱鷺正宗、組長だけなんですよ」

「うーん。けどな、お前らにわからなくても、総長がわかってりゃいいんじゃねぇのか？　俺って男の使い道は」

「組長!!」

本間はいら立っていたのだ。

このままでは能ある鷹が爪を隠したまま一生を終える。朱鷺が相応《ふさわ》しい舞台に立つこともなく、他の組長たちの陰に隠れて、日の目を見ずに終わりかねない。

これは、人生のすべてを懸けて朱鷺に仕えている本間には、居たたまれないことだった。

「気持ちはわからないでもないが、今はそれ以上言うな。第一、ちゃんと考えてみろ。俺みたいな危なっかしい男を野放しにしてるんだ。どれだけ鬼塚総長の器がデカいかわかるだろう？」

それでも朱鷺は、笑って話を流してしまう。

真に力を持つ者の余裕といえば余裕だろうが、見方によっては、ことなかれ主義にも取れる態度ですませようとする。

「それに、八島はそもそも主の傍にいてなんぼのタイプだ。目の前に明確な目標があって、初めて全力で走るし、ぶつかれる。どっちかっていうと、真っ向勝負のタイプだ」

本間としては、そうは思いたくないし、思ってもいない。

だが、あまりに静かすぎると、組長は上に行く気がないのかと、不安を覚える舎弟が出てくるのも否めない。

いくら朱鷺が出世に興味がない、無駄な争いは好まない男だと知ってはいても、派手に名を揚げている他組の組長を見れば、またそこで活気づく舎弟たちを見れば、朱鷺組の男たちにも嫉妬心は芽生える。

なまじ朱鷺に力がある分、どうして組長は自分たちのためにも上を目指してくれないのかと、欲求や不満も高まってくるのだ。

「そして、久岡に関しては元警視庁のエリートだっていう以上に、いったん暴れると手がつけられない問題児だ。あいつの暴走を止められるのは、もはや幼馴染みの総長しかいない。警視庁にだっていなかったから、こんなお粗末な顛末《てんまつ》になってるような男だぞ。だから、あいつに関しては、右でも左でもいいから総長の傍に置いておけ、ようは総長に見張らせておけっていうことなんだから、そこを履き違えるなよ」

それでも朱鷺は、自分のペースを崩さない。

「っ…っ、はい」

「なんにしたって、今は身内で争うときじゃない。せっかく総長の下でみんないい具合に収まってるんだから、間違っても波風立てるようなことだけはするな。いや、考えるな」

下との間に立つ本間には、常に同じ言葉を繰り返す。

「むしろ、そういう奴が現れたときが、俺の出番だと思っておけ。伊達に一番後ろにいるわけじゃない。前をすべて見渡すためにいるんだからな」

そして今日も、話はいつもと同じ末路をたどった。

「はい」

本間は身体を二つに折ると、決まった返事をするしかない。

『でも、組長がいつまでも最後尾から動かなかったら、舎弟たちも同じ扱いを受けるんですよ。

八島組長や久岡組長のところのもんに目下に見られるならともかく、どう考えたって年功序列で上にいるだけだろう？　力でいるわけじゃないだろうって組の下っ端たちにまで、うちの若いもんが小馬鹿にされるんですよ。不憫《ふびん》ですって…、みんな組長のお眼鏡に適った精鋭ばっかりなのに。総長んところの若い衆にだって、決して負けないだろう連中なのに…』

どんなに喉まで出かかっていても、蓄積された思いは発せられずに、腹の奥へと呑み込むしか術《すべ》がなかった。

＊＊＊

それから数日後のことだった。

いろんな意味で煮え湯を飲み続けてきた本間だったが、とうとう我慢の限界が来た。

「なんだと？　沼田《ぬまた》の親父が総長の前で息巻いた？」

それは思いがけないところから飛び込んできた知らせがきっかけだった。

「はい。なんでも、朱鷺は地検の犬になったらしいって。それは大はしゃぎだったらしくて…。まあ、総長は笑って聞き流したらしいんですけど、同行していた八島組長が心配して、こっちに連絡くれたんです。どうせ朱鷺のことだから、何も考えないで食ったらヤバい相手だったたって程度だとは思うけど、それでも一応相手の身元だけはしっかり押さえとけよって。場合によっては久岡が裏を取るって言ってたから、いつでも利用しろよって」

「久岡組長まで動くっていうのかよ…。こんなとぼけた話に」

とうとう危惧していたことが現実になった。

朱鷺には内密に報告してきた舎弟たちを前に、本間の顔色は悪くなる一方だ。

「――――はい。ようは、八島組長も久岡組長も、沼田組長に引っかき回されるのだけは勘弁してほしいってことなんだと思います。沼田組長んところは今、ご自身の体調がすぐれないもんで跡目の話が出てるじゃないですか。ただ、跡目に押してる息子がまだ若い。それこそうちの組長より二つか三つ下なので…、余計に力の誇示に走ってるんじゃないかと…」

「それで先手を打ってきたのが、これか？　こんなくだらない話で、今のうちに朱鷺組長の信頼を失墜させておいて、たとえ息子に代替わりしても自分のとこが最下位にならないように、根回ししたっていうのか」

話の流れだけを見るなら、冗談じゃないと思うような方向に持っていかれていた。

磐田会系に属する組織の勢力争い、そこでよりにもよって最下位争いに巻き込まれていたのだ。

「いや、実際はわからないですけど。でも、少なくとも八島組長たちはそう取ったみたいです。珍しいことですけど、沼田のおっさんも年食ったな…ってマジにぼやいてました。こんなところで身内可愛いに走ったところで、男を下げるだけなのに。寄る年波には勝てないのかって…」

まだ救いだったのは、騒ぎの原因を作った男に、朱鷺以下の信用しかなかった。それを分別できる人間たちしか、たまたまとはいえ、その場には居合わせなかったことだ。

「本当ですよね。どんなに頑張ったところで、エンドロールの最後を飾るのは主役の次に偉い奴。もしくは、主役以上に偉い奴って決まってるんだから、今更うちの位置なんか動かないのに。そこをわかってないよな、沼田組長も」

「は？　なんの話だ、金子《かねこ》。寄ってたかって最下位扱いされてんのに。喜んでんのか、お前は」

だからといって、笑ってすませられる話ではない。

本間からしてみれば、そもそも佐原のような男のために、朱鷺が足を引っ張られる羽目になったことが腹立たしい。

これが舎弟や女の不始末が原因でも怒り心頭だが、敵対関係にある検察庁の人間のために、どうしてうちの組長が――と思えば、尚更だ。

そうでなくとも、先日朱鷺から邪険にされた恨みも手伝って、一気に佐原憎しという気持ちが膨れ上がってくるというものだ。

「いや、だって。映画とかに出てくる役者の名前順は、みんなそうじゃないですか。あれに磐田の組長たちを当てはめたときに、主役が鬼塚総長、準主役が八島、久岡のツートップかもしれないですけど、最後の締めがうちの組長だなって思えば、うんうんって感じでしょ？　やっぱ大事なのは最初と最後じゃないんですかね？」

「――……そういう見方もあったんだな。ってか、お前ほどめでたかったら、沼田も喜んで最下位に名前を置くだろうが。そういうタイプじゃねぇよ、あの男は」

本間がすぐにでも行動に出なかったのは、たまたま居合わせたのが、のんきな舎弟たちばかりだったから。総長の片腕、八島という男の配慮が行き届いていたからであって、そうでなければ今頃何をしていたかわからない。朱鷺に向かって、それ見たことかと言ってるかもしれない。

「でも、兄貴。金子の言うことも、あながち外れてませんよ。八島組長、おっしゃってましたよ。俺や久岡が無茶できるのは、朱鷺がいてくれるからだって。いつ逝《い》っても、後は朱鷺が埋めてくれる。その安心感があるから、どんなときでも迷わず行けるんだって。ただ、だからこそ下手な理由で足は掬《すく》われてほしくない。色気や情に振り回されて、総長に苦笑いさせるような失敗だけはしてほしくないから、そこだけは周りでフォロー頼むぞって。かなりマジでしたよ。なんか、言われた俺が嬉しくなっちゃうぐらい」

聞けば聞くほど、溜息が漏れる。

「八島組長の上手さだな。こんな話、下のもんにさせたって充分だろうに、あえて自分の手間を惜しまない。目下の者をちゃんと持ち上げて、ついでに信用まで作っていく！」

「兄貴…、いくらなんでも、それは…」

「わかってる。言ってみただけだ。八島組長は、そういう人だ。なんだかんだいって、あの人自身が苦労して今の位置にいるし、本当に心配だから連絡をくれたんだろう。それに、久岡組長が裏を取るって言ったのも、警察にまだ伝《つて》を残してるからこその親切であって、他意はない。あの人は暴れなければいい人だ。そもそも面倒くさがりで出世欲もないし、今の位置にいるのだって、ちょっと目を離した隙《すき》に暴れ出さないよう、単に両脇を総長と八島組長が抑えてるだけだ。そういう意味では、今のツートップは無欲の勝利。いや、心から慕わせている総長の勝利だ」

まさかここで本間は、朱鷺が言ったことを自分まで舎弟たちに言う羽目になるとは思っていなかった。

「それに、沼田には悪いが、ここで息巻いてくれたおかげで、うちの組長の立ち位置もよくわかった。伊達に一番後ろにいるわけじゃない。前をすべて見渡すためにいる。あれがはったりでもなんでもなかった。そういう位置を任されてる。それも暗黙のうちに――――。そういうことだったんだろう」

それと同時に、朱鷺が見せた自信の裏づけを、こんな形で知る羽目になるとは考えてもみなかったためか、本間が思いつくままを口にすると舎弟たちは互いに顔を見合わせた。

「どういうことっすか？」

「さぁ？　やっぱりうちの組長が人気者ってことだと思いますけど」

「そら、見た目も中身もいい漢だもん。やっぱ関東一の色男はうちの組長っしょ」

本間の気も知らずに、舎弟たちは相変わらず呑気だった。が、それほど朱鷺に対して盲目的に熱を上げているのだと思えば、その信頼と崇拝は死守したいと感じられた。

『めでたい奴らだ…。徐々に組長の平和主義が伝染してるのか？　いや、そんなことはない。これは八島組長が持ち上げてくれたからであって、沼田組長辺りに直接笑われてたら、今頃内乱だ。うちには組長を犬呼ばわりされて、黙ってるような奴は一人もいない。笑って、犬でもいいじゃないかと言えるのは、当の本人ぐらいだ』

朱鷺のためにも、朱鷺を慕う舎弟たちのためにも、示せるときには立場を示す。

力の有無をはっきりと形にする。

そんな機会があってもいいのではないかと感じられて、本間は何か手立てはないものかと知恵を巡らせる。

『とはいえ、地検の犬なんて不名誉な呼び名は、撤回するに限る。だからといって、知らぬ存ぜぬは通らない。沼田組長だって、なんの裏づけもなく総長にまくし立てることはないだろう。少なくとも、あの男と関係があることはバレてる。多少の情報交換がされてるところまで知られてると思っていたほうが、後々変な言い訳もしなくてすむだろうしな』

どうせ起こってしまった騒ぎなら、便乗しない手はない。

『そうなると、今後のためにも一番いいのは、地検の犬を逆手に取ることだよな。向こうが犬なら問題はない。飼ってるのはあくまでも組長。それなら組長の男が下がることはない。よし』

沼田が起こした一人相撲を利用しない手はない。

「本間さん？　どこへ」

「八島組長んところに、礼に行ってくる」

この際本間は、ここのところ気がかりだったことのすべてを一気に片づけようと決意した。

『せっかく声をかけてもらったんだ。ここは甘えさせてもらおう。あいつと関係があることは認めた上で、特に心配はない。うちの組長が皆さんの期待を裏切ることはないって、充分伝えておこう』

使えるものは使え、利用できるものは利用しろ。

本間にとって大切なのは朱鷺一人――ただ一人の主であって、この際他はどうでもよかった。

一方、毎日変わりなく仕事に励む佐原は――。

「小野寺と薬の件、刑事部に頼んで、裏を取ってきてもらったぞ。どうやら鬼栄会《きえい》の下っ端から買い込んで、他へ流していたみたいだ。しかも、それを被害者に知られていた可能性が濃くなった。被害者が鬼栄会の下っ端と繋がったんだ。担当刑事が大はしゃぎしていた。今、鬼栄会のほうを別件で引っ張れるように手配している。引っ張って自供さえ取れれば、小野寺の主張は覆《くつがえ》せる」

朱鷺から貰った情報をもとに、容疑者の洗い直しに成功していた。

こんなときだけは、飯塚もいい顔をする。普段は扱いにくくて面倒なだけの男だが、仕事に対してはとても紳士だ。

いっそ、そこもだらしなければ、もっと嫌いになれるのに。

鼻持ちならない態度だろうが、高飛車だろうが、仕事だけは前向きで優秀なのが、佐原としては一番扱いにくい要因だ。刑事部を動かすのも、いざ動いた後の処理に関しても、天狗になるだけの立ち回りはしてくれる。飯塚は佐原の目から見ても、腹が立つほど有能な検察官だ。

「それはよかったですね」

「ああ。どうやらお前が鼻が利く犬を飼ってるらしいって話は、噂じゃなかったみたいだな」

しかし、問題が一つ片づくごとに、一つ増えるのは変わらなかった。

意味深な台詞《セリフ》と共に、飯塚が笑う。

「なんのことですか？　世の中には、見たことをしゃべりたがる人間が多いだけですよ」

「捜査の専門家でさえ嗅ぎつけられなかった、麻薬の臭いだぞ。専門の犬がいるって思ったほうが、理に適ってるだろう？」

わざわざ席を立つと、飯塚は机に向かう佐原の脇まで歩み寄ってきた。

「理に適っているか、適っていないか。そんな視点でばかり追いかけるから、捜査が偏《かたよ》るんでしょう。完全に見落としですよ、今回は」

「別に、そこまで突っ張る必要はないだろう？　余計に勘ぐりたくなる。お前が手なずけた犬の餌《えさ》は、いったいなんなんだろう、ってさ」

失礼極まりない言い方が癇《かん》に障《さわ》って、佐原は睨んだ。

暗黙の了解という言葉なら、ここにだってあるはずだ。佐原は飯塚がどこからどんな情報を持ってきても、決して出どころを追及したりはしない。それは、どうせ陶山の伝《つて》だろうとわかっているからではない。単に、相手に失礼だろうと思うから、遠慮するだけだ。

「そんな顔するな。正直言って、俺は使えるものは使う主義だ。多少ヤバい伝《つて》を使ったところで、法を犯してなければありだと思う。多少の金で事件解決の短縮が図れる、結果的に悪事が暴けるなら、犬を飼おうが、鳩を飛ばそうが、手段の一つとして悪くはない。そう割り切っている」

だが、どこまでも遠慮のない飯塚は、土足で佐原のプライベートに立ち入ってくる。

「ただ、お前が持ってくる情報は、いつも正確すぎるんだ。外れがない。だからついつい勘ぐる。いったいどれほど極上な犬を飼ってるんだろう、その犬は、飼い主に何を強請《ねだ》るんだろうってな」

「飯塚検事!!」

さすがに我慢できず、席を立った。

「騒ぐな。野暮なことを――、それはわかってる。けど、どうしてもそんなふうに考えてしまう。お前が好きだから」

すると、勢いづいた佐原を、待ってましたとばかりに飯塚が抱き寄せた。

「――本気だ。もう、わかってるだろう? 俺の気持ちは」

微かにつけているだけのコロンが、妙に鼻についた。

好きか嫌いかだけで言うなら、飯塚が選ぶ香りは嫌いだ。

すでに自分を奮い立たせる男の匂いを知っている分、佐原にとって飯塚が放つ臭いは、嫌悪を増すだけの悪臭だ。

こればかりは好みの問題で、どうにもならない。

「冗談はやめてください」

「どうしてそんなことを言うんだ。こんなこと、冗談で言えるわけがないだろう？」

本気で嫌がる佐原に、飯塚は力ずくで迫ってきた。

「ひっきりなしに誘いや、お見合い話が来てるような方から言われても…ね」

「そんなの俺がフリーの証だろう？　一人でいるから誘われるし、周りもお節介を焼いてくる。それだけのことだ。だからって、みんながみんなが本当に俺を見てるのかはわからない。半分以上は、きっと俺の後ろにいる大物議員を見てるんだとは思うがな」

今にも机に押し倒されそうな勢いだが、ふいに感傷的になったためか、押しが弱まった。

『陶山…か。いっそ、このまま飯塚を受け入れて、じかに探りを入れたほうが手っ取り早いんだろうか？　朱鷺を切って、こいつから…』

付け入る隙を見せられて、佐原は迷う。

陶山という巨大なバックボーンは、確かに飯塚にとっては両刃《もろは》の剣《つるぎ》だ。

自身の強力な助けにはなるが、それゆえに彼を孤独へと追い込む大きな要因だろう。

それは佐原でも、想像がつく。まだまだ若い新米検事に入るだろうに、先輩検事はまともに意見もしてこない。飯塚に関しては、見て見ぬふりに徹している。

その上顔色を窺ってくる者さえいるのだから、同情もする。

飯塚は突っ張り続けることでしか、自分を守れない。それがいい具合に仕事に直結しているから、尚更一人で足掻《あが》くことにはなるのだろうが――いずれにしても難儀の一言だ。

「けど、お前は違う。お前だけは、俺の後ろを見ていない。むしろ俺の仕事しか見てなくて…。喜んでいいのか、焦れていいのか、わからなくなる」

とはいえ、ここにきて見る目が曇っているとしか思えない。

もしくは、思いがけない佐原のビジュアルに驚き、見る目そのものが変わったのだろうか。佐原ほど飯塚の後ろしか見ていない男はいないだろうに、飯塚は完全に酔っていた。

勝手に自分の理想を佐原に重ねて、現実が見えなくなっているとしか思えない。

まるで、恋に恋する乙女の状態だ。

『――いや、油断ならないのはこいつも同じだ。それ以上に、身内にボロが出ることを歓迎しないのは、陶山自身もこいつもなんら変わらない。むしろ、変に探りを入れて警戒されたら、これまでの苦労が水の泡だ。こっちが消されかねない。それじゃあ、なんのために朱鷺と関係を作ったかもわからなくなる』

だが、この程度のことで自惚れるほど、佐原も不用心ではなかった。

佐原にとって恋に落ちたように見える飯塚は、単なる馬鹿か、詐欺師のいずれかだ。

どちらにしても今のところお断り、もうしばらく様子を見せてもらおうという、保留ゾーンに置かれた男だ。

「困ります。お気持ちは嬉しいですが、冗談でないなら余計にお断りするだけです。申し訳ないですが、私にその気はありませんので」

「俺より、ヤクザな犬のがいいっていうのか？」

「っ⁉」

「磐田会系朱鷺組の朱鷺正宗。吉祥寺に根を張る老舗《しにせ》一家の何代目だったっけ？ 確か二〇〇八年の秋か年末頃だったよな。以前、お前と組んでた水島《みずしま》検事が、朱鷺組のチンピラ・金子にかかった殺人の冤罪《えんざい》を晴らしたのは」

しかし、さすがにただの馬鹿ではなかったらしい。飯塚は、いつの間にか佐原の身辺を探っていた。

「知り合ったきっかけはあの辺りか？ ん？ どうなんだ、佐原」

出会いから経緯まで、見当をつけていた。

「どうしてそんなふうに考えるのか、私にはさっぱりわかりません。仕事でかかわるたびに個人的な付き合いを増やしてたら、埒《らち》が明かないですよ。それに、事件でかかわったヤクザなら、他にも数えきれないほどいますけど」

「そうだな。ヤクザだけなら山ほどいるかもしれないが、それでもお前が好みそうな色男は、そうそういないだろう？」

それでも佐原が冷静さを保っていられたのは、自分が朱鷺と二人きりでいるところを見られたことはないはずだという、絶対の自信があったからだった。

朱鷺が接触のために用意したマンションの部屋は、実は二つあった。

一つは最上階の原田という表札の部屋。そして、もう一つはその真下にある九階の杉山《すぎやま》という表札の部屋で、中では一つに繋がっているが、外観からは完全な別世帯だ。

それを貫き通すために、朱鷺は九階からしか出入りしないし、佐原は最上階からしか出入りしない。たとえ同じマンションに出入りしていたと言われても、それだけのことだ。

捜査令状でもない限り、このからくりは佐原と朱鷺、そして本間と側近の舎弟しか知らないことだから――。

「ひどい濡れ衣ですね。勝手に人の好みまで決めつけるなんて」

「勝手かどうかは、お前自身のほうがよーくわかってるんじゃないのか？」

とはいえ、さすがに名指しでこられると、佐原もしばらく朱鷺と会うのは避けたほうがいいかと思った。

飯塚がどこまで知っているのか、それとも半分以上ははったりなのか、せめてその辺りがわからないことには、迂闊《うかつ》な行動は取れない。

「では、次に会うことがあったら、じっくり眺めてみることにします。さぞ、飯塚検事より男前なんでしょうからね。朱鷺正宗は」

ただ、こうなると急ぎの仕事が入っても利用できない、朱鷺を使えなくなる時間的なデメリットはかなり大きくて、佐原の機嫌は完全に悪くなった。

少しは芽生えていたかもしれない飯塚への同情も、この場で綺麗さっぱりなくなった。

「――佐原っ」

と、そんな二人のやり取りに歯止めをかけるように、ノックの音が響いた。

「やっほ～。佐原いる？」

「っ！」

扉の向こうから現れた女性の姿を見るなり、飯塚の態度が途端に変わった。

「あ、いたいた」

そう言って部屋の奥まで入ってきたのは、飯塚と大差ない年頃のスレンダーな美女だった。

地検に勤める職員ではない。近所の裁判所に勤める春日美奈子《かすがみなこ》特例判事補だ。

「っ、なんでしょうか？　春日特例判事補」

とはいえ、彼女の登場に焦りを隠せなかったのは、佐原も同様だった。

「相変わらず、堅苦しいわね。春日ちゃんでも春日姐さんでもいいって言ってるのに。あんたのことは寿退職した水島からよーく頼まれてるんだから、いい加減にもっと懐きなさいよ」

なぜなら、春日は飯塚とは別の意味で、この霞ヶ関《かすみがせき》では超有名な女性――霞ヶ関の女王とも、魔女とも呼ばれる特別な女性だったのだ。

「…っ、ありがとうございます。で、今日はなんのご用で？」

「映画のチケット貰ったの。どうせ暇でしょ。今度の日曜、付き合ってよ」

味方にすれば怖いものなしだが、敵にしたらここにはいられない。

「あ、はい。でも、私でよろしいんですか？」

「もちろん。佐原がいいの。ただし、そのドンくさい眼鏡は外してきてね。あんたがいい男なのは知ってるんだから。いい、わかった」

「――はい」

「じゃ、決まりってことで、これからお礼にランチ奢《おご》ってよ」

どこか地方へ飛ばされるしか、逃げ道もない。

「は？」

「もう、昼食の時間でしょ。だから、先付けに」

「は、はい。わかりました」

それですめばまだいいが、場合によってはどんな理由で上から肩を叩かれるかわからない。

ある意味、選挙で落選したらそれきりの陶山よりも、余程用心しなければいけないのが、この春日美奈子という司法界一の美女だったのだ。

「あ、飯塚検事もどうです？」

「――――いえ、私は遠慮しておきます。まだ仕事があるので」

おかげで佐原は、ここにきて初めて腰の低くなった飯塚を見た。

「そう。なら、ちょっと佐原を借りていくわね」

「どうぞ」

少しだけ気分がスッとしたが、ここで気を緩めるわけにはいかない。

飯塚が思わず下手《したて》に出るような春日と、自分はこれから昼食をとらなければならないのだ。公園で鳩を相手にするのとは、わけが違う。否応なしに緊張してくる。

「これでしばらくは、ちょっかいかけられないと思うわよ。さすがに祖父の七光背負った飯塚でも、この霞ヶ関で春日一族を敵に回したいとは思わないでしょうからね」

だが、そんな佐原を部屋から連れ出すと、春日は「奢っては冗談よ」と笑ってきた。

「…っ、ありがとうございます。大変助かりました」

「いいの、いいの。水島がいなくなって、構う相手が欲しいのは私のほうだから。それに、今後も飯塚が大物のお爺ちゃんをバックに迫ってくるようなことがあったら、いくらでも私の名前使ってもいいからね。一回の使用料はランチ一食でＯＫ。安いもんでしょ」

長い睫毛《まつげ》に縁取られた大きな目でウィンクをし、春日はこの場で自分が佐原の味方であることを、改めて明確にしてきたのだ。

それこそ辞めていく当日まで佐原のことを気にかけていた親友・水島の分まで頼っていいのよと、もっと自分を当てにしてもいいのよと、正義感溢れる美しい笑顔で。

「春日特例判事補」

「いい、佐原。使えるものは使いなさい。吉祥寺の天然記念物でも、霞ヶ関の魔女でも。あなたがそれを自己利益のためには使えない人だってことはわかってる。ただし、自己犠牲と自己満足だけで終わるような結果だけは残さないようにね。少なくとも、あなた個人の幸せを願う仲間だっていっぱいいるんだから、そのことだけは忘れないで」

ただ、そんな彼女は佐原と朱鷺のことを知っている、数少ない人間の一人でもあった。

実際詳しい話をしたことはないが、佐原と朱鷺がどうして知り合ったのか、また個人的に情報交換をするようになったのか、その経緯を間近で見ていたので、彼女なりに理解しているのだろう。もっとも、飯塚に調べられるようなことなら、春日にだって調べられる。それだけのことではあるが、なんにしても佐原にとっては強い味方だ。

「…っ、はい」

「じゃ、私用があるから行くわね。まったく、運よく通りかかってよかったわよ～。危ないったらありゃしない。んと、ろくでもないわ。扉の外まで丸聞こえだったんだから」

甘えるまではせずとも、何か迷ったときには相談できる。

場合によっては、唯一陶山に関しての疑惑を打ち明けることも可能な、貴重な存在だ。

『まいったな。聞こえた以前に全部お見通しって感じだ。飯塚に関してははったり半分、かまかけ半分って気がするけど、春日特例判事補には歯が立たない。根本的に真実を告げる以外は、何をしたところで無駄な抵抗な気がする』

しかし、それにしたって笑って去っていった春日を見送ると、佐原は彼女のフォローには感謝したが、「ここは魔窟だ」と改めて思った。

『さすがに、自ら霞ヶ関の魔女って認めるだけのことはある。法務省、警察庁、財務省…。各省庁の幹部クラスに親族が一人はいると言われる春日一族。政財界へのコネクションも太いけど、何がすごいって、これまでにコネで就職してる人間が一人もいないってことだ』

どこに誰がいるかわからない、また潜んでいるかもわからない。常に気が抜けない場所だと。

『大半がトップクラスまで上り詰めるから、その必要がない。たとえ途中で離脱するにしても、そのときは個人企業が引き抜きに来るから、名ばかりの法人団体とは縁がない。本当のエリートっていうのは、こういうものだって、知らしめるような一族だ』

それでも、ここまで春日に大物ぶりを発揮されると、佐原は自分がまだまだちっぽけな存在だと実感した。

『彼らを動かすのは、揺るぎない理念を満たすやり甲斐だけ。決して金では動かない。だからこその信頼、そして脅威。春日一族は、国会で一番恐れられてる、官僚一族だからな』

当たり前のことだが、上には上がいる。そして、その上の最高峰にいる中の一人が陶山なのだと思えば、ちっぽけな自分が用心しても損はない。失敗できない相手だからこそ、仕掛けるときを間違えないようにしようと今一度再確認した。

『――――ん？』

と、溜息もつくかつかないうちに、佐原の携帯に着信が入った。

『あれ？　メールじゃなくて電話？』

ツーコールほどで切れたそれは、普段なら決して電話などしてこない朱鷺の側近・本間の携帯からだった。

『至急？　そういうわけじゃないか』

着信番号だけを残して切れてしまうのは、都合のいいときに連絡が欲しいという合図。いつどこで誰と同席しているかわからない佐原に合わせた連絡方法だ。

『朱鷺に何かあったか？』

とはいえ、どうして今頃？

佐原は、本間から連絡を貰うようなことを頼んだ覚えがないだけに、逆に胸騒ぎを覚えた。

昼休みということもあり、建物から出ると大通りを挟んだ向こう側にある日比谷公園まで足を運んで、人気《ひとけ》のないところから電話をかけた。

どこで誰が盗聴しているかわからないようなビルの谷間にいるよりは、余程外のほうが安心だ。

佐原が広々とした公園を好むのは、周囲の見晴らしがよく、無駄に盗聴される危険が少ないためだ。

「は？　俺が磐田会の総長と会う？　どうしたらそういうことになるんだよ」

そんな環境をわざわざ選んで入れた電話の先から聞こえてきたのは、これもまた突拍子もない内容だった。

〝すみません。実は――――〟

しかも、本間がじかに連絡してきたのには理由があった。

「ふーん。それで朱鷺の面子《メンツ》を守るために、俺のほうが朱鷺の犬ってことになったのか。その上朱鷺の主がわざわざ飼い犬の毛並みでも見よう、血統書の有無でも確認しようってことか？　馬鹿にしてんのか、お前！　話にならない、朱鷺を出せ！」

〝いえ、ですから。この件に関しては、組長は何も知りません。私の一存です。それに、正直申し上げて、私としてはどこまでも組長だけが大事ですから、今回の噂を払拭《ふっしょく》するためにも佐原さんのほうを情報提供者にしたかったんです。けど、そこはまかり通りませんでした〟

「どういうことだよ」

本間は、内密に動いていた。

朱鷺の預かり知らぬところで、事務官・佐原と磐田会総長・鬼塚賢吾《けんご》の密談を企てていた。

〝私が思っていた以上に、総長が組長の性格や価値観をご存じだったということです。かえって本当のことがバレてしまいました〟

「は?」

〝ようは、組長が情報収集のために、そんな面倒な相手は作らないだろうって。それこそ鶴の一声で、無償で情報をかき集めて提供する人間がいくらでもいる男なのにって、軽く笑い飛ばされたってことです。それに、だったら自ら骨を折ってもいいと思う相手が現れた、だから危険を冒してまで密通してるって考えるほうが、あいつらしいし、話の筋も通るって…〟

「へー。伊達に頭は張ってないってことか。普段一緒にいなくても、見るところは見てるんだな、お前と違って」

――まあ、この密談そのものを希望したのは鬼塚らしい。

本間は朱鷺のことを思って、画策した。が、かえってそれが裏目に出て、鬼塚のほうから難題を吹っかけられた。

鬼塚にしてみれば、大事な幹部の一人が、いったいどんな男と密通しているのか。それも敵方となれば、上に立つ者として確認しておきたい。相手がどの程度の人物なのか、自身の目で見ておきたいと、興味や好奇心が湧いたのだろう。警戒するべき相手なのか否か、これも可愛い子供を思う親心だ。

〝っ、そうですね!!〟

「くくく」

〝笑いごとじゃありませんよ。この際ですから、はっきり言わせてもらいます。そもそもあなたがうちの組長に色気なんか振りまかなければ、私もこんな恥はかかずにすんだんです。たまたま総長がきちんと物事を見てくださる方でしたから、まだ救われてますけど。大半の組長は、犬は犬だって見ますからね〟

しかし、そんな鬼塚よりも、佐原にとっては、こちらのほうが問題だった。

〝笑われるのはうちの組長と我々であって、あなたじゃない。こんな不本意なことはないんです。今すぐにでも縁を切ってほしいのが本音です。これまでは、組長個人のこととして見逃してきましたが、組の沽券《こけん》そのものにかかわるなら話は別です。こちらの要求が呑めないなら、今後一切組長にはかかわらないでください〟

言われるまでもなく、本間が佐原を疎《うと》んじていたのは気づいていた。

佐原が本間の立場になって考えれば、理由は聞くまでもない。むしろ、これまで黙っていたことのほうが不思議なくらいだ。

常に朱鷺についている、そして朱鷺以外に唯一佐原への連絡方法を知っている本間なら、いくらでも佐原を排除する機会はあったはずだ。

いい加減にしろ。命が惜しければ近づくな。黙って身を引け。金輪際《こんりんざい》組長にはかかわるな、と。

〝総長に、会っていただけますか？　我々が苦汁を飲む代償は、あなた自身が総長から信頼を得ること――――それしかないですけど〟

だからといって、佐原が本間の言いなりになるかと言えば、また別の話だ。

佐原とて、それなりのリスクを背負って、朱鷺との関係を続けている。

この関係を打ち切れるのは、あくまでも当人だけ。朱鷺のほうから「もう終わりだ」と言ってくるか、佐原が彼に何も依頼をしなくなるか、いずれかだ。

「わかった。なら、会うよ。場合によっては、朱鷺よりそいつのが使えるかもしれないしな」

ただ、二人の関係に付き合わざるを得ない立場の本間に対して、まったく感謝がないわけではない。丸無視していい存在だとも、思ってはいない。

逢い引き用のマンションの手配から日時の設定まで、朱鷺本人がやっているとは思えない。

きっと、全部本間にやらせていると思うほうが、正解だろう。

そうでなければ、これまで一度も他の女と約束が被らないなんてことはない。朱鷺に何人もの女がいるのは、佐原も知っている。

いろんな意味で朱鷺にはマネージャーが必要だ。佐原なら絶対にやりたくないだろう、そんなマネージメントを黙々とこなしているのが、顔に似合わず几帳面なこの本間だ。

〝ぶっ殺されてぇのかテメェ〟

「冗談も通じないな。嘘に決まってるだろう。これでも、飼い主には飼い主なりの貞操ってもんがあるんだよ」

なので、ここは佐原も本間の要求を受け入れることにした。

素直にとは言い難いが、佐原らしいＯＫを出した。

〝どんな貞操だ。はなから身を売ってきやがったくせに、聞いて呆れるよ〟

「好きに言ってくれ。こっちにはこっちの考えも都合もあるだけだ。それより、総長に会うのは構わないが、一つだけ条件がある」

もちろん、佐原が本間のためだけに、この密談を承諾したわけではない。

今後、陶山を追うに当たって、自分も使えそうな人脈は広げたい。できれば朱鷺とは違う視野でものが見られる存在、力を持った存在が欲しかったからだ。

〝条件だ？　まだなんか御託並べようっていうのかよ〟

「そう言うな。せっかく対面するのに、手ぶらじゃ悪いだろう。少なくとも、お前らに恥かかせたのに、相手から信用されなかったら恥の上塗りだろう？」

それに、本間に対して、これで貸しが作れるとは思っていないが、多少でも自分への見方が変わってくれれば、プラスになる。

好かれたいとは思っていないが、あからさまに嫌われたままでいるのもうっとうしい。

朱鷺の側近だけに、この際懐柔できるなら、それに越したことはない。

〝――――何を用意しろって言うんだよ〟

「それは会ってから話す」

佐原は、これまでにない大事の予感に、そろそろ動くときなのかもしれないと感じ始めていた。

〝は？〟

飯塚からの告白はともかくとして、それからたった一時間もしないうちに、春日と鬼塚という大物が接触してきた。それもこちらが望んでもいないのに、向こうから。

まるで、今こそ陶山に挑む準備をしろと言わんばかりに――。

これまで努力しても揃えることのできなかった環境や人脈が、今になって自然と揃ってきた。これを逃したら後がない。今こそ十五年前の事件に、そして陶山にメスを入れるときなのだと感じて、まずは自身に気合いを入れることにした。

〝…っ、わかった〟

本間は、そんな佐原に圧倒されたのか、後日時間を作った。

朱鷺に黙って、初めて佐原と密会した。

3

会ってみたい――――なら会おう。

そうは言ったものの、その後厄介な仕事が相次いだために、多忙を極めた佐原が鬼塚と対面したのは連絡を受けた半月後、八月に入ってからのことだった。

密談の場として呼ばれたのは赤坂《あかさか》にある老舗料亭、一見さんお断りの高級料亭だ。

政財界の大物たちの密談にもよく使われるこの店は、女将をはじめ従業員たちの口が堅いのは当然のことながら、訪れた客同士にも暗黙の了解がある。たとえここで誰かと鉢合わせることがあっても見ないふり、何も知らないふりをするのが、互いの立場を守るためのルールだ。

とはいえ、密談に使う限り他の客とは接触しない、会わないに越したことはない。それがわかっているだけに、店側も予約を取る際には、時間と部屋割にかなり気を配っている。

宴の時間が被ることはあっても、開始時間と終了時間を微妙にずらし、廊下や玄関での鉢合せを極力防いで会食できるように最善が尽くされているのだ。

「どうも、初めまして。佐原と言います」

そんな店側の気配りもあって、佐原は鬼塚のもとに来るまで、誰にも会うことがなかった。

今夜だけは朱鷺から離れ、佐原を迎えに来た本間の車から降り立ったところから鬼塚が待つ部屋まで驚くほどすんなりと来てしまい、噂には聞いていたが本当に徹底している店だと、改めて感心したほどだ。万が一の遭遇も考慮し、パッと見では別印象になるように着物で来たが、そこは取り越し苦労。これで鬼塚がものわかりのよい男であれば、着慣れたスーツでよかったのにという結果になりそうだ。

「初めまして。鬼塚です。このたびはご足労いただきまして、ありがとうございます。こちらから出向いてもよかったんですが、佐原さんのほうにご迷惑がかかるといけないと思いまして。お呼び立てして申し訳ありませんでした」

そうして案内された十畳ほどの部屋に豪華な席を設けていたのは、前もって調べていたデータファイルの写真で見るより、数倍ハンサムな男だった。

漆黒のスーツがよく似合う。佐原は一瞬部屋を間違えたのかと思って双眸《そうぼう》を開き、かけていた眼鏡のフレームを弄った。

それほど関東屈指の極道で、磐田会の総長・鬼塚は、インテリジェントなムードと整った容姿の持ち主だった。年の頃なら飯塚とそう変わらないが、見てわかるほど威厳や貫禄が違う。その上セクシーはセクシーだが、朱鷺のような少し強面《こわもて》なワイルド系ではない。これで極道なのかと疑ってしまうほどの品格の持ち主で、佐原はしばし呆気に取られた。

「いえ、お気遣いどうもありがとうございます」

しかも、佐原が座った部屋の中には、先に着いていた鬼塚以外誰もいない。

おそらく彼の舎弟や付き添いは、襖の向こうの続き部屋に控えているのだろうが、それにしたって総長ともあろう男が、側近も置かずに初見者と会うのだから大胆だ。佐原に付き添ってきた本間がいるからいいだろう――ではない。これは呼び出した佐原へのもてなしであり、彼なりの礼儀なのだろう。鬼の住処へ踏み込む覚悟で来た佐原にとっては、少々拍子抜けだったが。

「まずは一杯」

用意されていたビール瓶を手にすると、鬼塚は自ら酌をしてきた。

「お気持ちだけいただきます」

「これぐらい賄賂《わいろ》にはならないでしょう？　少し腹を割って話したい」

柔らかな物言いと、微笑。エリート管吏でも、なかなか彼ほどスマートな男はいない。

「そうですね。でも、私のような立場の者が、あなたのような方と気軽に杯を酌み交わしては、他の方に申し訳がない。どうせ酌をするなら、彼にしてあげてください。私はあなたのためには決して死にませんが、彼はときと場合によっては、あなたのために死ぬんでしょうから」

「――っ」

それでも一向に警戒を解かない佐原に対して一瞬眉を顰めたが、機嫌を損ねる様子はない。

どうしたものかと悩んでいるだけだ。

「なるほど。本間、杯を取れ」

「いいえ、滅相もない。恐れ多くて」

「朱鷺のいないところで、他の漢の杯は取れないか？」

ただ、それはあくまでも佐原という客人に対してであって、相手が本間となれば話は別だ。

鬼塚は穏やかな口調で、その場の空気を冷たくしていく。

「いえ、決してそういうわけでは――。すみません。今夜は、ご勘弁を」

本間は両手をつくと、額を畳に擦りつけた。その姿を見せるだけでも、佐原にとっては充分な威嚇だ。

本間は事実上、朱鷺組のナンバー2だ。普段他人に頭を下げさせることはあっても、下げることはほとんどない。朱鷺を相手にしても、余程のことがなければ、こうはしないだろう。それを知るだけに、佐原はこの様子だけで、鬼塚と本間の力関係を理解した。

と同時に、鬼塚と朱鷺にどこまでの差があるものなのか、それが知りたいと興味も起こった。

「謝ることはない。それでいい。お前はあくまでも朱鷺のものだ。しかも今夜はただの案内人だからな、これ以上は深入りしないのが懸命だ。少し下がってていいぞ」

「っ、しかし」

招かれた佐原と招いた鬼塚、ここにはどれほどの差があるのだろうか？　と。

「邪魔だ、消えろ。ここから先は雑魚《ざこ》に用はない。そう言われてるのが、わからないのか？　お前に見届ける義務もなければ、権利もない。いい加減に立場をわきまえるんだな」

「佐原さん…っ」

佐原は、まずは自分が思う立ち位置を主張するために、本間をこの場から退けにかかった。

「まあまあ。本間、隣に八島たちがいる。少し覗いでこい」

「――――、はい」

少なくとも、自分は本間と同じ位置にはいない。朱鷺と同等だ。そして、鬼塚とも同等でなければならない。それを自己主張するには、ここで腹を据えるしかない。

佐原は鬼塚と口を揃えて、本間を部屋から出した。

「どうして本間を傍から離すようなことを？　ここで、命がけであなたを守ってくれるのは彼だけですよ。佐原さん」

「自分の命は自分で守ります。私は朱鷺組の者でもなければ、磐田組の者でもない。ここで誰かを守る義務もなければ、守られる謂《いわ》れもない。と同時に、あなたの下にも上にもいない人間ですから、その辺りお間違えのないように」

本間が何を思っていたところで、また鬼塚がどう考えていたところで、佐原は佐原だった。

一人の公人であり、一人の事務官でしかない。常に背筋を伸ばした姿で、きっちりと受け応えるまでだ。

「まあ、そうですね」

そんな佐原を見て、鬼塚はクスリと笑った。

『ちっ！　まるで相手にしてねぇな』

腹を据えて構えていた自分が馬鹿みたいだと、佐原は思った。

「で、佐原さん。二、三聞いてもよろしいですか?」

「どうぞ」

そもそも鬼塚は、佐原相手に上下関係を築こうとは考えていない。

単に、朱鷺が戯れている相手がどんな人物なのか、特別な思惑は存在するのか、それらに興味があるだけで、佐原が事務官として優秀なのか、そうでないのかさえ興味がないようだ。

だから警戒もしないいし、威嚇もしない。関心があることだけを、率直に聞いてくる。

「朱鷺以外に、密偵はお持ちなんですか?」

「いいえ」

「報酬は金ですか? それとも同等の情報交換? 差し支えがなければ教えていただけると嬉しいのですが」

佐原は、鬼塚の思惑を悟ると、開き直った。

「報酬は俺自身なので、高いか安いかは彼の価値観一つだと思います」

「佐原さん、ご自身ですか?」

「ええ。そもそも彼は、はした金で動くような男ではないでしょう? それに、自分が欲しい情報なら、何も俺程度の男を当てにしなくても、自力で手に入れられる」

鬼塚が、特別に地位のある極道だと思うから構えが出るのであって、朱鷺の身内が下世話な話に首を突っ込んできたと考えればなんてことはない。

ようは、ここが知りたいんだろう？　と暴露してしまえば、むしろ気も楽だ。緊張も解ける。

「ほう…。ということは、あいつから関係を持ちかけたってことですよね？」

「いえ。以前彼が私の上司に当たる男をそうやって口説いてたんです。別に、恋人になりたいわけじゃない。ただ、スリリングな火遊びがしたいだけだ。お前の犬になって役に立ってやるから、俺と遊べ…って。生憎上司には恋人がいたので、断られてましたけど。そういう経緯を見ていたので、私でよければって声をかけたんです」

「あなたから？」

だからといって、あからさまに「朱鷺ほどの男が、お前程度の奴の誘いに乗ったのか？」という顔をされるのは腹が立つ。気にしているのは中身より外身かよと、ついついムッとし、佐原は着物に合わせてかけてきた銀縁の伊達眼鏡を自ら外した。

「ええ。私には義理立てする相手もいないし、遊び相手になるだけで仕事の役に立つ情報が得られるなら、こんなに楽なことはないですからね」

持って生まれた美貌をひけらかすつもりはないが、多少なりともこれが武器になることは知っている。別に知りたくて知ったわけでもないが、どんなに謙虚にしていたところで、勝手に周りが価値あるものだと評価してくれる。

ついでに言うなら、何人もの男が飯塚のような迷惑なアプローチを山ほどしてきたので、佐原

は、自分の容姿がときと場合によっては使えるものだと理解し、実際使ってもきた。

そして、それを鬼塚も納得したのだろう。男にしては綺麗すぎる佐原の顔をはっきり見ると、これなら朱鷺もその気になるかと、うなずいた。

「――――プライドより仕事ってことですか？」

だからだろうか、逆に佐原にはこんな質問をぶつけてきた。

「どこに自尊心を持つかは、個々の価値観であり、自由でしょう。そうでなければ、朱鷺だって自ら〝犬になる〟なんて口にしないでしょう。本命でもなかった俺から誘われたところで、それで終わりになるはずだ。二度、乗ったりしないでしょう。たとえ一度は気まぐれを起こしても、それで終わりになるはずだ。二度、三度と続いてきたのは、利害が一致したからに他ならない。利害がなくなれば、そこまで。俺と朱鷺はその程度の関係ですよ」

「情が湧いたから続いてる…とは、思わないんですか？」

二人の仲に対して、少し疑問を抱いたようだ。

「思いません」

「なら、自分にもっと利益になる男が現れたら、あなたは朱鷺から他へ乗り換える。そう思っていいのかな？」

「構いませんよ。逆を言えば、朱鷺だって飽きたらこんな遊びはしないでしょうし、これを機にあなたから物騒な遊びはやめておけ、お前にはもっとやることが別にあるだろうって釘を刺されれば、やめるかもしれない」

佐原は鬼塚に対して、一貫して同じ答えを返し続けた。

「もっともそのほうが、こんなところで俺を相手に無駄な時間と金を使うより、余程手っ取り早くて、楽だと思いますけど」

「それは、確かに。けど、それで奴が〝はい〟と言ったら、あなたは腹が立たないですか？　何も感じないですか？」

余程二人を恋仲にでもしたいのか、鬼塚はかなり食い下がってきた。

「感じるって言ったほうが心証がいいなら、言いますよ。けど、そんないっときの感情で渡れるほど、これは甘い橋じゃない。あなたたちはヤクザだが、これでも俺は公人のはしくれです。世間にバレたときのリスクは天と地ほど違う。そこ、一緒にしないでくださいね」

「なるほどね」

が、さすがにここまで言いきると納得したらしい。鬼塚は、この際朱鷺がどう思っているかは別として、佐原のほうには利害関係しかない。それ以上の感情はないものだと了解したようだ。

「ところで、もう一つだけ聞いてもいいですか？」

「なんです？」

しかし、そうとわかったところで、鬼塚は姿勢を崩して目つきを変えた。

「気に入った。俺が新しい犬になってやるから、朱鷺とは切れろ。そう言ったら？」

鬼と呼ばれる本性が、わずかずつだが現れる。

「別に、ノーとは言いません。俺は朱鷺と同じ条件で、朱鷺と同じかそれ以上役に立つ犬なら、なんでもいいです。ただし、それであなたの男の値打ちが下がっても、俺にはフォローできません。ついでに言うなら、朱鷺にもその程度の価値しかなかったのかと、思い改めるだけです」

尚も一貫した返事しかしない佐原に、とうとう鬼塚も紳士に徹した仮面を外した。

「ふっ。傑作だな、お前」

口調も態度も崩れて、ラフになる。

「ヤクザに傑作がられる謂れはない」

「そう言うな。これでも会ってみてよかったと思ってる。朱鷺がどうして危険な遊びに熱くなってるのか、なんとなくわかった」

先ほどまでの品格はどこへ行ったのかと思うほど、ざっくばらんな一面を見せるが、その分二人の距離はグッと近づいた。

「勝手に理解されても、俺にはなんのメリットもない」

「お前にはなくても、本間にはあるよ。ついでに言うなら、本間にあるってことは朱鷺にもある。それで勘弁してくれ。今後、同じ理由でチャチャ入れはしないし誰にもさせない。約束する」

鬼塚なりに佐原がどんな人間なのか理解し、認め、そして受け入れたらしい。

佐原は、とりあえず乗りきれたかと安堵《あんど》した。

「なら、もういいか、帰っても」

これ以上は必要ない。下手に長居してボロが出ても困る。早々に引き揚げることを決めた。

「ああ。料理に手をつけてくれないなら、引き止めるだけ申し訳ないからな。代わりに、これは土産だ。持っていけ」

鬼塚がスーツの懐から何かを出した。

「利害のないヤクザからは、何も受け取らないって言っただろう」

「損はないと思うぞ。俺のプライベートナンバー、直通だ」

「――――っ⁉」

佐原の前に置かれたのは一枚の名刺だった。よく見れば鬼塚のものだが、印刷された住所や電話番号の他に、手書きで携帯ナンバーが入っている。

「なんて、恩着せがましかったな。正直に言う。これはお前のためじゃない。俺のためだ。もし、あいつの手に負えない何かが起こったら、迷わず連絡してほしい」

しかも、これを教えてきた理由が理由で、佐原は再び戸惑った。

「うちの奴らは揃いも揃って、俺《親》を頼ろうっていう選択が欠落してる。なんでも自分でどうにかしようとしてくれるのはありがたいが、それで早死にされて困るのは俺自身だから」

「ようは、何かあったらチクってくれってこと？」

「そういうことだ」

だったらこれは本間に渡すべき?

もしくは、もっと朱鷺と行き来のある、親しい女にでも渡すべきではないかと思って。

『————…あって困るものじゃないか』

とはいえ、ここに来た目的が目的だけに、佐原はじかに連絡が取れるナンバーを受け取ることにした。

「わかった。なら、貰って帰る」

「?」

そう言って名刺を返すと、鬼塚が眉間にしわを寄せる。

「もう覚えた。物的証拠を残さない一番の方法は、ヤバいものは全部頭に入れておく。鉄則だ」

「了解」

だが、すぐに納得すると名刺を引っ込め、鬼塚は懐に戻した。

これで本当にすべてが終わった。

佐原は、「じゃ」と軽く会釈《えしゃく》をすると、その場から立ち上がろうとした。が、思うように立つことができずに、その場に身を崩した。

「っ…っ」

「どうした⁉」

突然顔を伏せてうずくまった佐原に驚き、鬼塚が席を立って回り込む。

「医者がいるか？」

まさか持病でも――――そんな心配ぶりで、肩に手をかけてくる。

「触るな!!　足が痺《しび》れただけだ…」

が、佐原がこれまでにないぐらいバツの悪そうな言葉を発すると、鬼塚は噴き出した。

「笑うな。笑ったらただじゃおかないぞ」

それは無理だろうとわかっていても、つい叫ぶ。

「くくくく」

「笑うなって、言ってるだろう！」

こんなときに着慣れない着物は、ただ邪魔だ。痺れた足では乱れた裾を直すのさえ一苦労。佐原はあまりに情けなくて、顔から火が出そうだった。

「あっはは――――っ!?」

しかも、だったらそのまま笑い続けてくれればいいものを、鬼塚は乱れた着物に気づいて、突然佐原にのしかかってきた。

「な、ぁ!!」

驚いたときには着物の裾を開かれ、露出した左膝を掴まれた。

「お前、これは…？」

鬼塚は佐原の左太腿、その内側の付け根近くに彫られた真新しい刺青《いれずみ》に気づくと、その絵柄を確認して息を呑んだ。

白い肌に栄える淡いピンクの蓮《はす》の花。その中で生き生きと舞うのは一見火の鳥のようだが、これは朱鷺――間違いなく朱鷺の姿だ。

「ようは、はなから他のを飼う気なんかねぇって証か」

佐原は鬼塚の視線が痛くて、着物の合わせを必死で戻そうとした。

そもそも本間に頼んで彫師を紹介させたのは、自分の覚悟を示すため。場合によっては鬼塚に見せることも前提にしていただけに、刺青そのものを見られることはなんでもない。が、一緒に下着を見られるのはどこか気まずい。鬼塚のほうはまったく気にしていないが、突然足を開かされた佐原は、体勢のまずさも手伝って、顔どころか全身が真っ赤になった。

「いや。これは、お前は白か黒かって聞かれたら、迷わず黒だって答えてみせるための証だよ。他に理由はない」

言い捨てた言葉の語尾に、先ほどまでの覇気がない。

さすがにここまでくると、鬼塚も気づく。佐原が羞恥心から全身を震わせている。

羽ばたく朱鷺の姿さえ、どこか艶《なま》めかしい。

「っ、そうか。おい！　誰か本間を連れてこい」

鬼塚は慌《あわ》てて佐原の膝から手を放す。こんなときに慣れた仕草が出るのだろうが、ご丁寧に着物の裾まで直されてしまい、佐原の恥ずかしさはマックスだ。いっそほっといてくれたほうが、意識せずにすむのに。

「話はすんだ。手間かけさせて、悪かったな。こいつは車代だ。ちゃんと送り届けろよ」

「いえ、滅相もない」

本間と共に数名の男たちが入ってきたことで、多少は気持ちも切り替わったが、それでも足に残る痺れと闘いながら立ち上がるのは、至難の業だ。

「貰っておけ、本間。素人さんの前で、これ以上総長に恥をかかすな。朱鷺はこの程度で怒るような男じゃない」

「っ、はい」

佐原が懸命に自身を整えている間にも、本間は何度も頭を下げる。どうやら鬼塚の後に言ったのが、八島組の組長らしい。どちらかといえば硬質な印象の極道だが、内面からにじみ出る人のよさと男らしさが魅力的だ。ここに元警視庁のエリート、二枚目なのは霞ヶ関では誰もが知っているような久岡が加わり、朱鷺が加わるのかと思うと、佐原は失笑しそうだった。

朱鷺や本間を見ていても任侠映画かと思う豪華さなのに、磐田会の幹部は粒が揃いすぎだ。怖いもの見たさをこんなに誘う男たちには会ったことがない。

「じゃ、そこまで見送ろう」

佐原がどうにか持ち直すと、鬼塚は何事もなかったように笑ってくる。

「気持ちだけ貰っておく。あんたはここから一歩も出るな。一緒にいるところを誰かに見られて困るのはこっちだ」

だから佐原も同じように返した。おかげで羞恥心から火照った身体も気持ちも落ち着いた。

「――――だったな」

そっけない挨拶《あいさつ》の後、佐原は本間を従え、部屋を出た。

「どうでした？　総長。最後は笑い声も聞こえたので、心配はないとは思いますが」

と、それを見送った直後に八島が問う。

「ああ。あれか。足が痺れてひっくり返ったんだ」

「はい？」

懐から煙草を出す鬼塚が、いつになく愉しそうだった。

「だから、慣れない正座で足が痺れてひっくり返ったんだよ。泣きそうな顔して、笑うなって怒《ど》鳴《な》ってたけど、それ見たら余計に笑えたよ」

すかさずライターを差し出した舎弟から火を貰うも、目だけが笑っていない。そこを見逃すことのない八島は、鬼塚が吐いた白煙の中で、静かに固唾を呑んだ。

「そら、大した玉ですね。怖いもの知らずの素人ならいざ知らず。事務官とはいえ、地検の人間でしょう？」

「――――だな。そもそも本当に来るとは思ってなかったからな。本間には会ってみたいとは言ったが、てっきり朱鷺を通して断ってくるもんだと思ってた。それがまさか、朱鷺に黙って来るとは思わなかったから、謝らなきゃいけない」

いささか後悔し始めた鬼塚から、すっかり笑いが消えている。

「別にその必要は。今夜のことは、総長の親心ですし」

「それとこれとは別だ。お前だって、自分が知らないところで連れが呼び出されたら嫌だろう？　たとえ相手が俺であっても、面白くないだろう？」

どうやら、思いがけない密談が成立したのは、佐原も鬼塚も同じようだった。

「――でも、連れって言っても相手は」

「ただの飼い主と飼い犬でいたいのは、それだけ本気だってことだ」

会って話したことに後悔はない。佐原の本気に触れたことも、収穫だと思う。

ただ、それを朱鷺の預かり知らぬところで見てしまったことに、鬼塚は罪悪感を覚えた。

「え？」

「本気なんだよ。少なくとも朱鷺も佐原も本気で火遊びしてやがる。一緒に火傷《やけど》、いや…ありゃ焼死覚悟だな」

特に佐原の身体に彫り込まれた思い、あれは見てよかったのだろうか？　と思うと朱鷺に申し訳なくて。自分も迂闊なことをしたもんだと、反省が込み上げた。

「そうですか。なら、消火器持って見守っときます」

「そうしてくれ」

その分、どこかで穴埋めはするつもりでいたが、まずは煙草を吸い終えると携帯電話を取り出した。用意した食事をとる前に、朱鷺への気がかりから解消した。

一方、予約を取った宴の終了時間を自ら前倒しにした佐原は、鬼塚のことが片づいた安堵から一つのミスを犯していた。

『え？　陶山に飯塚!!　一緒にいるのは、確か豊島《とよしま》建設の会長と社長⁉　これってモロに談合接待か⁉』

それは、訪れた客との接触。あのまま食事をしていれば、廊下で鉢合うこともなかっただろうに、何も考えずに部屋から出たがために、佐原は到着したばかりの客たちとすれ違った。

『まずいな。飯塚に、本間と一緒にいるところを見られた。まあ、本間程度ならどうにかごまかせるとは思うけど…、それにしたって何もあいつじゃなくてもって感じだな…』

暗黙の了解があるだけに、お互い目を合わせることもない。

飯塚もこの場だけは、それに徹して声を発しなかった。

『まぁ、向こうはもっと見られたくない組み合わせだろうけど。陶山も飯塚も完全に顔色が変わったしな』

ただ、このままでは終わらない予感に、佐原はやはり運命を感じた。

鬼塚の後に、とうとう陶山本人が出てきた。

こちらから出向いたわけでもないのに、向こうから。

『明日が、厄介かもな』

それでも佐原は臆することなく、明日を迎えられる気がした。

このまま陶山に挑める気がした。

＊＊＊

明日は確実に飯塚に絡まれる――――。

少しでも対策を練りたい佐原にとって、未だに傍から離れない本間は、心底からうっとうしい存在だった。

「もう、ついてくんなよ。子供じゃないんだから、一人で帰れるって」

「そういうわけにはいきません。一応、今夜は部屋まで送らせていただきます。何かあってからでは遅いので」

別にマンションまで送ってもらったのだから、エントランスまでで充分だった。

「馬鹿言えよ。お前みたいなのがひっついてるほうが、よっぽど危険だって。いつ鉄砲玉が飛んでくるかわからないのは俺じゃなくて、お前のほうだろ」

「…佐原さん」

かえって部屋の前まで来られるほうが、迷惑というものだ。

「あれ、朱鷺？」

「組長!!」

だが、こんなときに限って、もっと迷惑な事態が起こった。

『いったい今夜はなんなんだ？』

部屋の前には、ラフなカジュアルスーツ姿の朱鷺が待ち構えていた。

普段はバックに流している前髪がサイドに落ちている。これはわざとなのか、それとも余程慌てて出てきたのか、判断がつかない状態だ。

「何しに来たんだよ。どうしてこんなところに」

「理由は後だ。とりあえず、中に入れろ。人に見られて困るのはお互い様だろう」

だが、周りを気にする佐原に、朱鷺は冷ややかに言い放った。

「――――っ…ああ」

言われるまでもなく、そんなことはわかっている。佐原は仕方なく、朱鷺と本間を部屋に上げた。

一人で暮らす分には充分な2LDK、そのリビングに二人を通した。

「どういうつもりなんだよ。いきなり自宅に訪ねてくるなんて、ルール違反じゃないのか。多少変装したところで、見る奴が見れば一発でわかる。用があるなら、いつもの部屋に俺を呼び出せばいいだろう」

とはいえ、佐原は二人にお茶を出す気はさらさらなかった。

早急なのがわかるので、話だけは聞くが、それだけという態度に徹していた。

「そういう手順を踏んでる余裕がなかったんだよ。なにせ、こっちはいきなり総長から謝罪貰って、飲みかけの酒を噴き出したぐらいだからな」

それがわかっているのか、誰もソファに座らない。本間はリビングの入り口で佇《たたず》み、かなり荒れているのがわかる朱鷺の姿に萎縮さえしている。

「鬼塚から謝罪？」

「ああ。お前を無視するつもりはなかったが、結果的にはそういう形になった。勝手に佐原と会って悪かったってな」

話が明らかになるにつれて、本間だけが青ざめていく。

「なんのことだ？　別に俺がどこで誰と会ったところで、お前に関係ないだろう」

すでに終わった話で、今は陶山のことで頭がいっぱいという佐原には、朱鷺が荒れている意味がわからない。

「そうだな。俺に無関係な話で、俺に無関係な相手だっていうなら、どこで何したって構わねぇよ。総長もいちいち報告してくる必要は感じないだろうしな」

勝手なことしやがって――そう言いたいのはわかるが、だとしてもここまでまくしたてることなのか、用心を欠いてまで乗り込んでくるほどのことなのかと思うと、呆れて頭を抱えそうだ。

「けど、今回の話は、俺抜きじゃ成り立たねぇだろう。それを俺に隠れてこそこそと。しかも、なんなんだ、これは!!」

が、そんな佐原の腕を摑むと、朱鷺は乱暴にソファへ突き飛ばした。

「なっ――――っ」

佐原が何するんだと言う前に、着物の裾を摑むと力いっぱい開き、視線を左腿の内側へ落とした。

「どういうことだ?」

朱鷺が血相を変えてきたのは、鬼塚相手に勝手な密談をしたからではない。おそらく鬼塚から、佐原に真新しい彫りものがあったことを聞かされたのだろう。

鬼塚からしてみれば、まさか朱鷺が知らずにいるとは考えもせずに口走ったのだろうが、朱鷺からすれば、驚愕《きょうがく》以外の何ものでもない。

そもそもどうして佐原と鬼塚が会うことになったのか、その経緯を考えれば、また佐原自身の性格を考えれば、おのずと行動の真意は見えてくるというものだ。

「どういうって、別に。気が向いただけだ」

「馬鹿言うな。総長に会うって腹をくくったから、入れたんじゃねぇのか? 少なくとも、俺との関係を総長には納得させとこう、何があっても、自分が朱鷺を裏切らない男だってことだけは示しとこうって、そういう意図があったから、入れたんじゃねぇのかよ」

ただ、朱鷺の悲痛な叫びに全身を震わせたのは、佐原本人ではなく本間のほうだった。

「――――勘ぐりすぎだ。どうして俺がそこまでしなきゃならないんだ」

「ほう。地検にお勤めの事務官様が、どんな気まぐれ起こしたら、こんなヤバい傷を身体につけるっていうんだよ」

「そんなの俺の勝手だろう。だいたい、なんでそんなにムキになってるんだよ。勝手に鬼塚と会ったことがそんなに気に入らないなら、もう二度と会わない。けど、この先俺が向こうに踏み込む日が来ない保証はないからな」

佐原にしてみれば、そもそも他に目的がある。鬼塚との関係を良好にしておきたかったのには、個人的なわけがある。しかも、そのわけたる陶山と接触したばかりとあって、細かいことにまで気が回らない。

朱鷺がどうしてここまで怒ってくるのか、本間には理解できても、肝心な佐原にはまったく理解できない状態だった。

「そういうことを言ってるんじゃない！」

「じゃ、どういう――――っ!!」

が、そんな佐原に我慢の限界が来たのか、朱鷺が初めて手を上げた。

怒りの度合いからすれば、これでもそうとう抑えている。平手で軽く頬を打った程度だ。

「っ…」

しかし、佐原は叩かれたことに驚き、口を噤《つぐ》んだ。

「テメェ、何もわかってねぇんだな」

着物の襟を掴み上げてきた朱鷺の目が怒りよりも悲しみに満ちていて、何が何だかわからない。

打たれた頬より胸が痛い。佐原は、困惑するまま朱鷺を見上げ続けている。

「――組長。すみません、今回のことは全部俺が」

その様子に、たまりかねた本間が、かけ寄ってきた。

「るせぇ!!」

振り向きざまに朱鷺が放ったエルボーが、本間の喉元を直撃した。

「ぐっ!!」

有無を言わせず横転した本間の胸倉を鷲掴みにする。

「言われなくても、わかってる。これは、お前が担いだ神輿《みこし》だろう。沼田が何をほざいたか知らねぇが、勝手に気を回して、俺を無視して、挙げ句の果てにこれだ」

あきらかに、佐原が知る朱鷺ではなくなっていた。

青ざめた本間に、容赦のない憎悪を向ける。怒りを爆発させた朱鷺の目は、まるで血に飢えた獣だ。いや、これこそが狂気に満ちた、極道の目だ。

「テメェ。自分が何したかわかってんのか」

「っ…、すみません。組長に恥をかかせる気はまったく――――ぐっ」

「何が恥だ！　何もわかってねぇだろうが!!」

だが、そんな朱鷺が佐原には、なぜか恐ろしいとは感じられなかった。怖いとも思わなかった。

それより胸が痛くてたまらない。こんな朱鷺の姿は見たくない。

自分の行動が原因なら尚のこと、佐原は荒れ狂った朱鷺の姿に悲壮感ばかりが込み上げて、どうしようもなかった。

「お前、こいつが公人である前に、ただの素人だってわかってんのか？　お前が唆《そそのか》したなんて思っちゃいない。けどな、なんでこいつがあんなもん彫るって言い出したときに、止めなかった。俺に言わなかった。黙って勝手をさせた！　二度と消えねぇだろうが、馬鹿野郎！」

無抵抗な本間を殴り、蹴る朱鷺に、佐原は衝動的に飛びかかった。

「やめろって、朱鷺！　俺が自分の身体に何をしたところで勝手だろう？」

「なんだと!?」

「だいたい、俺はすでにお前に身を売って情報を買ってる男だぞ。今更身体に彫りものの一つや二つ増えたところで、何が変わるわけじゃない。逆を言えば、何もなかったとしたって、現実は変わらない。俺が、自分を餌にしてる事実はなくならないよ」

他に言いようがなくて、自分自身を地に落とす。

だが、これはこれで嘘じゃない。佐原とっては、紛《まぎ》れもない事実だ。

大切な者を失くした夏の夜、佐原は復讐心に満ちたまま「何を引き換えても敵を討つ、絶対にこの事件の真相を明かす」と己に誓った。その誓いを果たすために必要な代償だと思えば、身売りも刺青も大したことではない。

「だとして、そんなもんはお前の心の中だけの問題だ。自責の念に捕らわれたところで、開き直って仕事に徹したところで、お前だけが納得してればいいことであって、他人にわざわざ見せるもんじゃない。せいぜい見せても、共犯の俺だけでいいはずだ！」

「っ!!」

それなのに、朱鷺は自分を粗末に扱う佐原を許さない。

佐原自身がどうでもいいと思っていることに本気で怒って、本気で悲しんで、その上どうしてもというなら他では見せるなという。見せていいのは自分だけ、愉悦と罪を分け合ってきた朱鷺正宗だけにしろと――。

「だとしても…、お前が怒ることじゃない。そんなに、むきになることじゃない。俺たちは、ただの飼い主と飼い犬だ」

佐原は、激しくなる一方の胸の痛みから逃れたくて、朱鷺から目を背けた。

「この、減らず口が」

どんなに躱《かわ》したところで、最後は力で捕らわれる。

「やっ!!　やめろよ、朱鷺」

「組長!!」

佐原は力任せに腕を摑まれ、そしてソファへ突き飛ばされると、逃げる間もなく組み伏せられた。

「うるせぇ!! テメェは黙ってそこで見てろ！」

「っ…っ」

本間が見ている前で着物を乱され、帯が解かれる。

「やめっ、やめろって」

怒りにも満ちた朱鷺の手が、佐原の内腿に羽ばたく鳥を摑んだ。

「痛っ」

いっそ、このままむしり取れたらどれほどいいかわからない。

そんな思いで描かれた鳥を摑むが、佐原の内腿は赤くなり、火の鳥のような刺青はいっそう妖艶さを増すばかりで消えることがない。

「いいか、佐原。お前がどういう覚悟でこんな傷をつけたかなんて、この際どうでもいい。けどな、こいつを見た漢は間違いなく、お前は俺のもんだって思うんだよ。他の誰のものでもない、この朱鷺正宗に身も心も捧げた人間だって、間違いなく思うんだ」

ならば、摑んで放すまい。描かれた朱鷺ごと、佐原そのものを放すまい。

これまでには感じたことのない拘束心を感じると、佐原はその場で強引に身体を開かれた。

「ついでに言うなら、俺だってそうだ。お前はもう、生涯俺のものだって。俺が一生を左右していい、預かっていい男なんだってな」

憤《いきどお》りで膨れ上がった欲望を突き立てられて、逃れられないまま犯される。

「いっ――――っぁっっ！」

佐原にとって、こんなに容赦のない朱鷺は初めてだった。

「人がせっかく野放しにしといてやったものを…っ」

「ゃっ、んっん、痛っ」

身体が芯から焦《こ》げるような、中から燃え広がるような性交など、一度として強いられたことがない。

「自分でこんな足枷《あしかせ》つけやがって」

同じ男として生まれたはずなのに、突き放すことも、逃げることも敵わない。

「あっ、ぁあっ――――っっっ」

佐原は、圧倒的な力の前にねじ伏せられて、その夜は朱鷺に犯され続けた。

目を逸らすことさえ許されない本間の前で、朱鷺の身体にしがみつき、描かれた朱鷺と共に白濁に塗《まみ》れ、そして幾度も飛び立った。

『っ…っ』

行き場のない思いが、朱鷺の背中に爪を立てる。

いつからか、どこからか溢れ出した涙が止まらない。

「いいか。次にこいつを誰かに見せたら、ぶっ殺す。たとえ相手が誰であっても、相手もろともぶっ殺すからな。肝に銘《めい》じておけ」

それなのに、冷ややかで残酷な命令を下す男に、佐原はどうしても憎しみが湧かなかった。

「しょせん、こんなものは愚《おろ》か者の証だ。人に自慢して見せるもんじゃない」

それどころか描かれた朱鷺を憎々しい目で見る、悔しそうに撫でる朱鷺の姿に切なさや愛おしさばかりが湧き起こって、どうすることも敵わない。

「っ…っ」

佐原は、こんな形で気づいたところで、もう遅いのだと思った。

「お前は自分から俺の懐に飛び込んだ。こんな傷のために、あえて用意してやっていた逃げ道さえなくした。俺はもう、お前を放さないし、逃がさない」

未だに消えることのない胸の痛みは、朱鷺に芽生えた一つの情だ。

鬼塚が何度も確認してきた、彼への特別な思いだ。

「今後、どんな扱いを受けても文句は言うなよ。たとえ極道の女扱いされても、自業自得だからな。これまで通りの生活ができると思うな」

「――――…っ」

けれど、育み続けた思いに気づいたところで、今夜を境に二人の関係は変わった。

いったん粉々に壊されて、一方的に新たな関係に作り直された。

『極道の…女扱い』

どこまでも対等な付き合いをしてきたはずなのに、一年半も対等な利害関係でいたはずなのに、佐原が新たな行動に出たことで、朱鷺は意識を変えてしまった。

何が何でも自分が守る、自分のものとして守り通すという不要な責任感を芽生えさせ、義務感まで与えてしまった。

『冗談じゃない。勝手なことばかり言うな。勝手に人を自分のものだなんて決めるな』

佐原は、朱鷺が部屋から去った後も、しばらくソファから起き上がることができなかった。

『俺は、誰のものでもない。朱鷺のものなんかじゃない。俺は、俺だけのものだ。昔も今も、たった一人の俺だけのものだ』

痛みに耐えて彫り終えたときには誇りにさえ感じた名画も、今だけは視線をやることができなかった。

『朱鷺の…、ものなんかじゃない』

4

どんなに悩んだところで、時間は止まらない。それが平日の朝ともなれば、ぼんやり考えごとをする暇もないほど、無情なまでに過ぎていく。

とはいえ、どうしてもこのままでは気が収まらない。一方的に朱鷺が怒って、朱鷺が勝手をしたとしか思えない佐原にとって、当たれる先は後にも先にも一つきりだ。

気だるい身体に鞭《むち》を打つと、佐原は夜明けと同時に電話をかけた。

「なんなんだ、いったい。たかが刺青一つで血相変えやがって、冗談じゃない」

相手が出たと同時に、開口一番から怒鳴りつけた。

「だいたい、お前もお前だ。テメェばっかりいい子になりやがって。わざわざ朱鷺に連絡するぐらいなら、初めから朱鷺を通して、こっちに話を寄こしゃいいじゃねぇかよ。それを、もったいぶって。はなから人を試すようなことした挙げ句に、それを全部バラすって、どんだけセコいんだよ！　呆れてものも言えねぇよ」

相手の言い分なんて、何一つ聞かない。

「しかも、そこまでバラすなら、俺が足を痺れさせて、こけたところまで説明しとけよ!!　彫りもののことにしたって、見るつもりもなかったけど、偶然チラッと見ちゃったんですって、言っとけって‼　あの馬鹿、俺がわざわざ啖呵《たんか》切って、脱いでみせたとでも思ってやがるぞ‼冗談じゃない。本当に、腹立つ。お前ら揃いも揃って最低だよ、この極道が」

　誰になんと思われようが、佐原にとって昨夜の元凶は、この電話の相手だ。

　どこまで話をたどったところで、こいつが一番の原因だ。

「いいか、これだけは言っておくぞ。俺は誰がなんて言っても、今の自分を変えるつもりはない。あいつとの関係を進展させるつもりもないし、極道の女になるつもりもない。何より利害に不一致が出たら、綺麗さっぱりさようならだ‼」

　せめて文句ぐらい言わなければ、腹の虫が治まらない。

　今日一日、仕事にもならないと、憤りのすべてをぶつけた。

「そんとき奴がごねるようなことになったら、テメェがあいつをどうにかしろよ。子供の不始末は、親が責任取れよ。いいか、わかったな‼　じゃあな」

　そうして言いたいだけ言いきると、最後まで相手の反論を聞くことなく通信を切った。

「――――はー。ムカツク」

　いつものように発信記録を消すと、床へと放り投げる。

「…っ、佐原さん。まさか、今の電話って」

　足元に転がってきた携帯電話を拾ったのは、一晩中リビングの隅に立っていた本間だった。

「鬼塚にかけたに決まってんだろう。本当ならじかに首根っこ摑んで締め上げてやりてぇよ」

「────…っ」

背筋が凍りつくような話を聞くと、本間は慌ててリダイヤルを表示した。

「謝ろうとしても無駄だぞ。記録はもう消してある。仕事柄、ヤバい番号を携帯に残すような馬鹿はしないからな」

だが、佐原が言うように、そこには何も残っていなかった。それを確認すると、本間はその場に膝を折った。

「っ…っ、すみません、総長。組長。私が傍にいながら────っっ」

こんな時間だけに、どうしていいのかもわからない。本間は携帯電話を前に、半泣きで土下座だ。今頃鬼塚がどれほど激怒してるか、想像さえつかない。

「ふんっ。バーカ。ってか、なんでお前ここにいるんだよ。今回の失態がもとで朱鷺に追い出されたとしたって、俺がお前の面倒見る義理なんか一つもねぇぞ」

朱鷺の気持ちも知ったことではない佐原が、本間のことなど気にするはずもない。

佐原は着物一枚をガウン代わりに羽織ると、いつものように出勤の準備を始めた。

「────いえ。組長にはお許しと新たな仕事をいただきました。佐原さんの護衛として、今後はずっとお傍にいさせていただきます」

「は？　護衛だ？　なんのために？」

「それはもちろん、佐原さんをお守りするためにです」

「どんな寝言だ」

本間は佐原がバスルームに消えても、いつも朱鷺を追うように、佐原のことも追った。

「寝言じゃありません。佐原さんがどう思ったところで、あなたはもう組長が一生傍に置く、そして守ると決めた方です。私ら朱鷺組の者にとっては姐さんです。なので、この身を挺してお守りするのは、当然の仕事です」

「寝言じゃないなら、もう一度鬼塚に連絡するまでだな。誰か寄こして引き取りに来てもらうだけだ」

「無駄です」

同じシャワーの音でも、会話を交わす相手が違うと、なぜか別の音に聞こえた。

朱鷺より少し高い佐原の声に反響し、それでリズミカルに聞こえるのかもしれない。

「無駄だと?」

「昨夜、私の気持ちは見せたはずです。私を動かせるのは朱鷺組長と私自身だけです。たとえ鬼塚総長の命令でも、朱鷺組長の意に反することは聞けません。私の忠義は朱鷺組長のものですから」

「よく言うよ。そもそもお前が鬼塚の言いなりになったから、こんなことになってるんだろう」

どんなに怒っていても、佐原の口調は小気味よくて、軽やかで、それが作用しているのかもしれないが。なんにしても、本間は浴室の扉の前で、バスタオルを手にして、佐原が出てくるのを待ち続けた。

「それは違います。佐原さんを総長に会わせたのは、私の一存です。組長のためになると思ったから、そうしたまでです」

「それでしくじったんなら、尚更大きな顔すんな。結局誰のためにもなってないじゃないか」

するとシャワーを終えた佐原が顔だけ出して、バスタオルを催促した。

「――いえ、そうは思いません。遅かれ早かれこうなることはわかってました。ただ、時期が早まっただけです」

「何、開き直ってるんだよ。こんなに最悪な状況にしておいて」

中でざっと身体を拭うと、タオルを腰に巻いた姿で現れる。

「最悪だろうが、なんだろうが、組長はあなたが好きですよ」

その瞬間、本間は佐原から目を逸らした。

「は？」

正確に言うならば佐原の身体から目を逸らし、露出した白い肌を、決して見ようとはしなかった。

「ずいぶん前から、本当は、ご自分のもとに置きたいって思っておられました。ただ、それはあなたから仕事を取り上げることになる。あなたから今の生活や自由を奪うことになる。だから、ご自分の気持ちを抑えていたに過ぎない。それだけです」

「――知るか、そんなこと。なんにしたって、俺にはいい迷惑なだけじゃないか」

この段階で、佐原は本間にまで『朱鷺の女扱い』されていることにムッときた。

一緒に彫師のところへ行った際には、穴が開くかと思うほど見ていたくせに。それこそ佐原の身体に朱鷺が刻み込まれる、羽ばたく瞬間までのすべてを見ていたというのに、いきなりこれかと思うと、余計に腹が立って。

「そうでしょうか？　佐原さんだって好きでしょう、組長が。好きだから、ご自分の身体に朱鷺を彫った。他のモチーフなんてごまんとあるでしょうに、あえて朱鷺を彫ったのは、誰より組長のことがお好きだからでしょう？」

「勝手な想像するな。主も主なら、舎弟も舎弟だな。こいつを彫った目的は、鬼塚を黙らせること、俺自身が信用を得るためだ。だったらこれが一番手っ取り早いってことになるだろう。朱鷺を入れたのは、それだけのことだ。馬鹿な説明をいちいちする必要がないと思っただけだ」

電話で鬼塚に当たったことで、少しはすっきりしたと感じていたのに、今度は本間に気分を害される。

寝室へ入って着替えを出すと、佐原はあえて朱鷺の言いつけを破ってやろうと、本間の前でタオルを外した。

「けど、こんな面倒なことになるなら、今日にでも真っ黒に彫り潰してもらうよ。デカいカラスにでもしちまえば、そんな乙女チックな妄想も消えるだろうからな」

スラリと伸びた肢体、白い肌、大胆に足を開かなければ完全には見えない朱鷺の姿だが、それでも太腿に広がる翼の一部は、はっきりと見える。

ほんのりと淡いピンクで染まった蓮の花びらは、見る者の視線を釘づけにする。

「やめてください、それだけは！」

しかし、佐原がタオルと落とすと同時に、本間はその場に土下座した。

「後生です。もう、身体に傷をつけるのは勘弁してください。これ以上、ご自分や組長を傷つけるのはやめてください。この通りです！」

それしか方法がなかったのだろうが、本間は佐原の肌を、隠れた朱鷺の一部を見ることもなく、憤る佐原に懺悔《ざんげ》し、懇願し続けた。

「これに関してだけは、私が浅はかでした。組長のためと言いながら、本当はあなたの存在が面白くなかった。いつも好き勝手に組長を振り回してる、ただ迷惑な奴だとしか思っていなかった。そういう、個人的な思いが事実を見誤らせた」

そうして、今となっては遅いかもしれないが、本間は本間なりに信頼を得ようと、佐原にすべてを打ち明ける。

「本当のことを言ってしまえば、いきなり刺青を彫るなんて言ったところで、どうせいざとなったら逃げ出すって。一度針を刺されれば、その痛みに耐えきれずにやめたって言い出すだろうって、高をくくってました」

これまで何を思って、佐原を見てきたか。そして、そこから何を感じたか。それらを包み隠さず打ち明けることで、本間はまず佐原に許しを請うた。

「けど、あなたは逃げなかった。痛みに耐えて、ご自分の中に組長への思いを……。いえ、何らかの思いや覚悟をしっかりと彫り込んで完成させた」

その上で、できることなら新たな関係を築きたい。新たな信頼を得たい。そんな切望をひしひしと訴え、佐原の前に頭を下げ続けたのだ。

「私は、その姿を見届けたとき、初めてあなたって人を受け入れられると思った。組長が惹かれるだけの男だったと納得した。それと同時に、組長同様命がけで守るに値する人だとも悟った。ただ、本当にあなたを好きで、心から大事にしてきた組長にとって、その刺青はただの傷でしかなかった」

その姿を見ると、自業自得とはいえ、本間も身の置き場がないのだろうと、佐原は思った。

そもそも朱鷺の傍にいることを常としていた男が、ここにいる。こうして佐原の傍に残っていることが、サラリーマンでいえば降格されたということだ。首だけは免れたかもしれないが、会社のナンバー2がいきなり窓際へ追いやられたようなもので、本間にしてみれば怒り任せに「死ね」と言われたほうがまだ楽だった。すべての責任を取って、漢としてけじめもつけられて、何より朱鷺の傍で逝けたかもしれない――そんな状態なのだろうと。

「それも、自分が知らないところで傷つけられた。どんな理由があろうとも、止める手立てもないまま傷つけられた。そういう、悔いても悔いきれないような傷でしかなかった」

佐原は、朱鷺の怒りもわからないではないが、さすがにこれはセコいだろうと感じていた。

「だから、そんな乙女チックな妄想には付き合いきれないって言ってるだろう。朱鷺が何を言ったところで、思ったところで、俺には一切関係ない。いい迷惑だ」

いい大人が、どんな嫌がらせだ。もう少しマシなやり方はないのかと、頭を抱えながら溜息もついた。

「こんな彫りもの一つで、人生奪われてたまるか。それに、お前も朱鷺も根本的なことを履き違えてる」

それでも、いつまでも裸でいるわけにもいかないので、下着を身につけ衣類を纏《まと》った。

「俺が朱鷺を好きじゃないと言えば嘘になる。好きか嫌いかだけで言うなら好きだ。信用もしてる。けど、それが一生連れ添うような愛なのかって聞かれたから、それは違うだろうって話だ。俺があいつを気に入ってるのは、単に極上な犬であり、忠実で正確な情報屋だからだ。たまたま報酬がセックスだっただけで、気持ちは金を払ってるのと変わらない。別に好きだの嫌いだのって感情で、足を開いてきたわけじゃない。それなのに、奴の女扱いされるなんてまっぴらだ。言語道断だ」

本間には早々にお引き取りを願い、自分自身も気持ちを切り替える。

昨夜は自分もずいぶんと感傷的になった。朱鷺の激情に流され、乱され、胸の痛む思いもした。

だが、先ほど鬼塚にも言いきったように、佐原は朱鷺に庇護されるのはまっぴらだった。

そんなふうに考えられること自体迷惑な話で、このまま朱鷺がおかしなことを強行するなら、縁を切る。いっそ鬼塚に乗り換え、奴にはこの責任を取って一度ぐらいは働いてもらおう、陶山のことだけは調べてもらおうと、そこまで考え始めていた。

「わかったら俺の前から消えろ。俺は誰のものにもならないし、誰かに束縛される理由もない。これ以上うっとうしい真似をするなら、絶縁するだけだ。もう二度と何も頼まない。帰って朱鷺にそう言っとけ」

「佐原さん！」

佐原は、本間を部屋から追い出すと、その後はしっかり朝食をとってから職場に出向いた。

そうでなくとも昨日の今日だ、飯塚が絡んでくるのは間違いない。

たとえ朱鷺が何を思っていたところで、佐原には佐原でやることがある。こんなときに、余計なことまで構ってられるかというのが、正直なところだ。

しかし、

『自業自得とはいえ、やっちまったな』

連日土下座することになった本間は、部屋から追い出された後も、佐原の様子を窺っていた。

一定の距離は置いているものの、その動向をしっかりと見守り続けていた。

『――――けど、こうなったら離れるわけにはいかない。あんたはもう、組長が命がけで守ると決めた人だ。総長自ら〝朱鷺の伴侶〟と認めて、受け入れた人だ』

佐原から見れば、本間は天から地へと降格された男だが、実は本人からすれば、そうでもなかった。朱鷺から命じられた佐原の護衛は、これまでで一番重要かつ難しい任務だった。

そもそも警護される佐原に危機感がない分、非協力的だ。朱鷺を守るより何倍も難しい、他の者では何かと行き届かない可能性が大きいからこそ、本間が任されたのは確かなのだ。

『ただ、そうと知れれば職を追われる以上に、いつどこで狙われるかわからない存在になる。女、子供ならいざ知らず、情人《イロ》が男ってだけで敵も容赦なくなるからな』

とはいえ、本間は護衛を命じた朱鷺が、今日ほど鋭い男だと感じたことはなかった。寛大であると同時に慈悲深く、それでいて実は嫉妬深くて、執念深いのだと思ったこともなかった。

『しかも、あんたは何もかもが極上だ。容姿も、肩書も、男前な性格も』

昨夜、朱鷺を壊した理由の半分は、ただの男としての憤りだ。上に立つ者としての自尊心や憤りだけではない、少なくとも自分以外の男が佐原の肌を見た。それも、普通にしている分には決して見ることもない部位を目にしたことが原因だ。

『きっと、汚れた奴ほどあんたが身体に入れた朱鷺《刺青》を見たがるだろう。そして、見れば十中八九夢中になる。一生傍に置いて穢《けが》したくなる。守りたいなんて思うのは、もともと惚れてた組長ぐらいなもんで、あんたのアレはヤバすぎだ』

鬼塚が、いったいどんな説明をしたのか、それは本間にもわからない。単に佐原の男っぷりを褒めただけかもしれないし、朱鷺の趣味がいいとからかっただけかもしれない。

『総長だって、すでに惚れた方がいなければ、白い肌の上に舞う朱鷺を、その手で掴みにかかっていたかもしれない』

ただ、いずれにしても朱鷺は感じたのだろう。佐原に接した鬼塚から、他ならぬ感動が起こったことを。本間でさえも思い出すだけで熱くなる、自然と勃ってしまう雄の欲情を——。

『やっぱり、彫ることを止めなかった私の責任だ。組長の気持ちを知りながら、思いの深さを軽んじていた私の軽率さが招いた、これ以上ない失態だ』

だからこそ、二人の男が覚えただろう邪《よこしま》な感動に、自分よりも先に覚えただろう甘いわななきに、朱鷺は怒りを抑える術をなくしてしまった。結果的には佐原に当たり、そして本間には初めて私情を剥き出しにして釘も刺してきた。

『何が何でも守らなければ。命に代えても守らなければ。それが今後の私の仕事だ。組長への償《つぐな》いだ』

朱鷺は、本間の目の前で佐原を抱くことで、こいつは俺のものだと見せつけた。

たとえ誰であろうと、触れることは許さない。それが血を分けた兄弟同様の相手でも、生死を共にすると誓って杯を分けた相手でも、決して許すことはない。そう、言葉ではなく行動で見せてきたのだから。

『それが一番惚れちゃならない人に、惚れた罰。組長でさえ一生見ることがないだろう、苦痛と覚悟で歪《ゆが》んだ美貌を見た――罪の償いだろうからな』
本間は、そうまでさせた自分が情けなくて仕方がなかった。
そしてそこまで朱鷺を動かした佐原が、今更罪な存在に思えて、大物に思えて、苦笑ばかりをしいられた。

＊＊＊

昨日の今日を覚悟していたとはいえ、まさか陶山本人から呼び出しが来るとは思わなかった。

『一難去ってまた一難。いや、去ってもいないうちに、またかよって感じだな』

その日、佐原は出勤するや否や、飯塚から一つ言伝を聞かされた。

「悪いけど、昼に祖父に会いに行ってくれないか」

すでに仕事のスケジュール調整までされていた。今日中に佐原が片づけなければと思っていた仕事は、飯塚が自ら代行するという念の入れようだ。

『そこまでして、どんな脅《おど》しをかけるつもりなんだよ』

断る理由も見つからず、かといって、これは絶好のチャンスだと笑みを浮かべるわけにもいかず、佐原は昼休みになると、指定されたホテルのレストランへ一人で向かった。

ここへ来て、陶山本人と初めて直接会うことになった。

「わざわざ手間をかけさせてすまなかったね。さ、座って」

「――――はい」

遠目から見るか、メディアを通してしかじっくり見ることがなかった大物議員は、年のわりには長身で恰幅のいい男だった。昨夜は目も合わせられない状態だったが、こうして日中に会うと、意外にとっつきやすくて、笑顔も様になる。この辺りは職業柄完成されたものだろうが、なんにしても襟のバッジが板についたロマンスグレーの紳士だ。

この笑顔で昨夜はどんな談合を行ったのか、そしてどれほどの袖の下を受け取ったのかと思うと苦笑しそうになったが、そこは佐原も踏みとどまった。くれぐれも陶山に勘ぐられないよう、怯《おび》える小動物のような態度で、案内された席に着く。

「あのときの…、男？」

しかし、人目を忍ぶように用意された個室で、最高のフレンチで接待を受けた佐原は、そこでまったく予想外の話をされた。

『それって、もしかして本間？』

てっきり昨夜のことは忘れよう。お互い不利益は好まないだろう。そう言って脅されるとばかり思っていたのに、「実は、あのとき同伴していた男のことが知りたい」と切り出されて、拍子抜けした。

「ああ。この際、どうして君があの場にいたか、そしてヤクザものと同伴していたかってことは、一切追及しないし干渉しない。私も君に同伴者がいたのを見られているし、ここで波風を立てるつもりはさらさらない。ただ、それとは別にして、どうしても君に協力してほしいことがある。彼の身元を、素性を詳しく調べたい。できることなら、DNA鑑定がしたいんだ」

キツネにつままれたようなとは、このことだ。

「DNA鑑定、ですか。どういうことでしょうか?」

「実は、あの場で君と同伴していた男は、十五年前に自殺した私の孫にそっくりなんだ」

「お孫さん?」

まるで、佐原が十五年前の事件を追っているのをわかっていてこんな話をしてくるのかと、逆に怖くなる。

なぜなら、被害者も加害者もすべて死んでいるあの事件の真相を追っていた佐原が、どうして陶山に行きついたかと言えば、事件と同時期に陶山の孫・陶山寿勝《としかつ》が自殺していた事実に行きついたから、それも犯人グループと深くかかわっていたことが明らかになったからだ。

「ああ。ただ、彼は私を見ても顔色一つ変えなかった。まるで他人のような目をしていた。そう考えたら別人だ。他人の空似だろうと思うほうが確かなのはわかっている」

佐原は緊張した様子で、話を聞き続けた。もはや、食事に手をつけられる状態ではない。

「しかし、寿勝は昔から私思いのいい子だった。もし、今の自分が私に迷惑をかける存在だとわかっていれば、一生赤の他人ですませることも厭《いと》わない。そんな気遣いさえする子だったものだから、どうしても他人の空似で納得することができなくて…。昨夜から、そればかりが気になってね」

「でも、お孫さんは自殺されたんですよね？」

陶山が言わんとすることはわかるが、一応確認する。

もしかしたら、他にも孫がいたのかもしれない。佐原が追って追って追いついた陶山寿勝が、彼の言う孫ではないかもしれない。

「海に身を投げた。だが、遺体は上がっていないんだ」

「――――っ!!」

だが、この段階で話は半分一致した。

「孫は、当時学校でひどいいじめを受けていて、心にいろいろな問題を抱えていた。本当なら、自殺に追い込まれただけでも、充分同情されてしかるべき存在だった。だが、マスコミは私の孫だというだけで、面白おかしく書き立てようとした。その上遺体が上がってないとわかれば、何の罪もない孫を三面記事に晒《さら》されないとも限らない。だから、私が裏から手を回した。すでに遺体は回収され、死亡が確認。葬儀も埋葬もすべて滞《とどこお》りなく。そういうことにしたんだ」

残りの半分も見事に重なった。これは間違いなく、陶山寿勝の話だった。

彼を追い詰め、自殺に追いやったとされる同級生たちこそが、佐原から大切な者を奪った犯人グループ、当時未成年だったことから名前の公表が伏せられた不良グループなのだ。

「ただ、それでもしばらくの間は、極秘に捜査を続けさせていた。半年は、個人的に人を雇って捜し続けていた。しかし、孫は見つからなかった。地元の人間が、ここから落ちたらまず助からないと言い続けていたような場所だったこともあって、さすがに私も諦めざるを得なかった。遺体が上がらない限り生きている可能性はある。そう思いたかったが、信じ続けることができなかったんだよ」

もちろん、こうして陶山の話を聞くだけなら、寿勝もただの被害者だ。

生まれながらの環境と、学校という社会に入ってからの環境、その双方で行き場を失くしていたのかもしれない、気の毒な少年だ。

「それを考えれば、やはり他人の空似だと思うのが適切だとは思う。たとえ何かの奇跡であの子が生きていてくれたとしても、一国の大臣の孫がヤクザになっているなんて、あってはならないことだとわかっている」

寿勝が自殺を図った当時、陶山は悲しむだけで、特に騒がなかった。陳謝し続けた学校側を責めることもなく、また孫を追い詰めた不良たちの家族を責めることをしなかったのも、自殺を図った原因の半分が自分にあるかもしれない、常に世間に晒され続けている〝政治家の家庭〟という特殊な環境にあったかもしれないと思い悩んだ末だったかもしれない。

「しかし、それでももしあの子が生きていたなら、私は抱き締めてやりたいんだ。たとえヤクザに身を落としていても、よくぞ生きていてくれたと言って、残りの人生をあの子に尽くしてやりたいんだ――普通の、一人の祖父として」

ただ、警察や世間がどう判断したところで、佐原はそうは思っていなかった。

当時も今も、自殺を図った孫もおかしいし、そのことで騒がなかった陶山自身もおかしい、妙だとしか感じられなかったのだ。

もちろん、今なら老い先短い人生だけに、国家よりも生きていた孫を、政治家としての自分よりも、一個人に戻った自分を優先しようと思ったところでうなずける。

すでに、所属する党の総裁選で過去何度か敗れている陶山のポストの限界は、おそらくここだ。実際の権力も、周囲への影響力もあるが、この先総理大臣の役職に就ける可能性はゼロに近い。

ある意味、今後はどれだけ大臣職を続けるか、そして、いかにして選挙地盤を後続の者に引き継がせるか、そのための好印象な引き際を演出するかの検討に入っていてもおかしくないからだ。

しかし、十五年前ともなれば、陶山は野心一色だ。まだまだ高みを目指して奮闘し、邪魔なものは一掃、何より足を引っ張りかねないスキャンダルをもっとも恐れていた時代だ。

それこそ孫の自殺を追及するよりも、マスコミの目が集まってしまったことに気を取られていたかもしれない。誰に対しても騒がず悲しんで見せたのも、単に選挙への影響を恐れたからこそかもしれないと、佐原は考え続けていたのだ。

なぜなら、陶山寿勝が自殺を図ったのは、犯人グループが殺された後という可能性があるからだ。

そこにはわずかな時間差しかないし、世間は犯人グループが殺される前に寿勝は自殺してしまったと思っている。あと半日我慢していれば、彼はいじめから逃れられた。自ら死を選ぶこともなかったのにと同情されているが、実際のことは誰もわからない。

イコール、なんらかの事情で寿勝が強姦殺人そのものにかかわっていた。犯人グループと行動を共にしていたことを悔いて、自らも命を絶った可能性がなくはないのだ。

それは、当時担当した刑事たちとて、一度は勘ぐったことだ。

「もちろん、だったら自分で調べればいいだろうというのはわかっている。他人の君を巻き込むことじゃない。だが、今私が迂闊なことをすれば、内閣や党全体に迷惑がかかる。何かにつけてことも大きくなる。何より、彼に接触を図るまでに、少なくとも君よりは時間がかかるだろう。それで、恥を忍んでこんな話をしているんだが……」

ただ、可能性があるだけで、確信ではない。何一つ物的証拠もなければ状況証拠もなかったことから、この事件は終わりとされた。

一人の少女が夏祭りの夜に、強姦されたショックから持病の心臓発作を引き起こして死亡した。

そして、少女を死に追いやった犯人グループは、たった一人の娘を亡くしたショックから激情し、復讐に走った母親によって殺害された。

しかも、犯人を死に追いやった母親もすぐに自害――壮絶なまでの復讐劇、夏の惨事は殺し、殺され、自殺で幕を閉じた。警察も捜査を断念せざるを得なかったのだ。

――とはいえ、公表されていることのすべてが事実かどうかはわからない。

疑わしいことが多すぎて、佐原は残された可能性を頼りに、いくつもの仮説を立ててきた。

そして、それを追ってここまで来た。

「いえ、大臣が言わんとしていることはわかります。私がもし大臣の傍にいる者なら、一番安全で確実な方法を選び、そして勧めます。間違っても、孫かもしれないという可能性だけで、彼のような人間との接触は望みません」

「…っ、佐原くん」

佐原は、いくら憎悪に駆られていたからといって、母親一人で三人もの不良高校生を殺害したとは思えなかった。

地元のヤクザでさえ目をつけていたようなワル三人が、いくら勢いに任せてとはいえ、なんの抵抗もできないまま、女性一人の手にかかったとは、とうてい思えなかった。

だが、この復讐劇に第三者がかかわっていたと仮説すれば、案外納得がいく。

実は陶山寿勝が関与していたことを隠したい、彼の自殺の理由がこの事件に絡んでいたことを永遠に伏せたい者が画策した。母親に罪を擦《なす》りつけ、事実を闇に葬ったと考えれば、孫を亡くした陶山が妙に大人しかったこともうなずける。

「私でお役に立つなら、できる限りのことをしてみます。まずは、彼が大臣のお身内なのか、そうでないのか、話はそこからですよね？　大臣ご自身が接触を図るのは、彼がお孫さんだと証明されてからでいい。逆に、そうでないとわかった場合は、私もこの話は聞かなかったことにします。それで、よろしいですか?」

「佐原くん…。ありがとう!　本当、申し訳ない!!」

ただ、死人に口なしである限り、佐原は陶山の口を割らない限り、真相にはたどり着けないと思っていた。もしくは、陶山の傍に今もいるかもしれない事件の全容を知る者、もしくは一部でも知る者を、突きとめるしかないと考えていた。

「そんな、頭を上げてください。私のような者が陶山大臣のお役に立てるなんて、これほど光栄なことはありません。幸運です」

だが、思いがけないところに、事件の当事者かもしれない人間はいた。

それも佐原からすれば、もっとも口を割らせやすくて、自身にも危険が及びにくい男だ。

「ただ、私も公人のはしくれですから、そうそう理由がなければ彼のような人間と何度も接触することは許されません。彼自身に接触を図るだけなら、どうにかなるとは思いますが…。それを、どこまで上が納得してくれるか…」

目の前にいる国会議員より、筋金入りの極道のほうが安全な相手だというのも皮肉な話だが、佐原にとっては陶山に探りを入れるよりは、本間を探るほうが安全だ。

「それは任せなさい。上のほうには、ちゃんと話をしておく。堅司にも言っておく。私が個人的な理由から捜査してもらっていることがある。だから、しばらくの間は、君が何をしていても目をつぶってほしいと、念を押しておくから」

実際、本間が陶山の孫なのかどうかは調べてみなければわからないことだが、どちらにしても佐原は真相に近づける。

ここで陶山に恩を売っておけば、いずれにしても〝使える犬〟として信用させておけば、本間が人違いであったとしても、佐原は今よりは陶山の懐に入ることができる。

「――――こう言ってはなんだが、もし君に上の目を気にせずやりたいこと、捜査したいことがあるなら、この機会に一緒にやってしまいなさい。どうせ、彼のような男と密会していたということは、もともと何か目的があってのことだろうし。君が、事務官にしておくには惜しい人材だということは、多方面から聞いている。堅司もだいぶ助けられているようだからね、そこは信頼しているから」

「ありがとうございます。そう言っていただけると、大変助かります」

佐原は、これ以上ない笑顔を陶山に向けた。

「くれぐれも、よろしく頼むよ。あと、これは直通のナンバーとアドレスだ。何かあったら連絡してほしい。別件で困ったときでも、遠慮はいらないよ。私もできる限りのことはするから」

「お預かりします」

こんな大役を任された幸運に、喜びを隠しきれない。そのことを、あえてはっきりと顔に出して、自分に出世欲があることを印象づけた。

役に立った際は、それなりの見返りを期待する。陶山にとって一番都合のよさそうな人間を演じることで、佐原は本当の目的だけは悟られないよう、最善を尽くした。

「じゃあ、今日はこれで」

「はい」

そうして佐原は、陶山との短い昼食を終えると、ホテルから真っ直ぐ職場へ戻った。

『今に見てろよ、陶山。これこそ渡りに船だ。いや、飛んで火に入る夏の虫だ。必ず十五年前の事件の真相を暴いてやる。お前が保身に走った本当の理由を、今こそ俺が暴いてやる』

心なしか足取りが軽いのは、災いが転じて福となったから、これまで積み重ねてきた捜査や苦労が、思いがけないところで実ったからかもしれない。

『とはいえ、まさか本間がって感じだけど。こんなことになるなら、追い返すんじゃなかったかな？　いや、あれで引き下がる男じゃないか。朱鷺の命令は絶対だ。今の状況で逆らうことはまずしないだろうし、きっとどこかで俺のことを見張っている。今も、どこからか』

朱鷺と関係を作って一年半――思えば、あのときは刻々と迫る時効に焦りを感じていた。

事件から十年が経つのはあっという間だった。きっとここから一年半は瞬《また》く間に過ぎていく。

このままでは時効になる。法で裁くことができなくなるという焦りもあって、佐原は朱鷺に声をかけた。しばらくの間は、彼でよかったんだろうか？　実際役に立つんだろうかと悩んだが、結果的にはすべてが佐原にとってはいいほうに転んだ。

『ＤＮＡ鑑定に必要なもの…。これまで通り接触すれば、手に入れるのは難しくない。けど、後々のことを考えると、変に懐かれるのはご免だ。今以上に距離を縮めるわけにはいかない』

朱鷺を選ばなければ、本間と出会うことはなかった。たとえ出会ったとしても、まったく違う形だ。決して、こんなに都合のいい立場での出会いではなかっただろう。

『それに、仮に本間が陶山の孫だったとしても、必ずあの事件に繋がるかどうかはわからない。本当に何も知らない、自殺とはまったく無関係っていう可能性もあるにはあるから、場合によっては今回のことで、俺は〝あの事件の謎は永久に解けない〟っていう結果にたどり着く可能性も否めないんだよな。いずれにしても、調べてみなければ始まらないが』

佐原は、まるで何かの運命に導かれているようだと感じながら、午後の仕事を終わらせた。

その間も、どうやってこれから本間と接触しようか、また、本間自身に目的を悟られないように、彼の毛髪なり吸い終えた煙草なりを採取しようか、考え続けていた。

「佐原、ちょっといいか？」

だが、そんな矢先に声をかけてきたのは、飯塚だった。

「はい？」

「話があるんだ。そんなにかからないから、帰り道のついでに付き合ってくれ」

何かいつもと違う。妙に深刻そうな顔つきが気になって、佐原は「少しなら」と、付き合うことにした。

『なんだろう？　すでに陶山から何か言われたのかな？』

飯塚に誘われるまま駅までの道を遠回りする。日が落ち始めた日比谷公園の中を歩きながら、佐原は話を切り出されるのを待った。

「どうして断らなかったんだよ。俺が言うのもなんだけど、あんなの他人の空似だよ。何度言ったって聞きやしない。祖父にも困ったもんだ」

するど、大噴水近くまで来て、ようやく飯塚が口を開いた。

『なんだそんなことか――』

佐原はホッと一息つく。何かと思って構えていた分、少し気が抜けた。

「お前が真に受けて動く必要なんかないからな。こんな馬鹿らしい理由のために、今以上ヤクザなんかと接触を図る必要はないし、やめとけよ。だいたい、そこまで死んだ孫が気になるなら、自分で動けばいいんだ。個人的に誰か雇ったっていいはずなのに、横着だって」

それでも飯塚からしてみれば、身内のことだけに見て見ぬふりができなかったのだろう。一歩前を進んでいた足を止めると、思い詰めた顔で佐原のほうを振り返ってきた。

「もちろん、誰に聞くより同伴してたお前に聞くのが一番早いっていうのはわかってる。これ以上かかわる人間を増やすことなく、目的が果たせる。祖父にとっては、好都合だ。けど、だからって自分は手を汚さず高みの見物なんて、俺には許せることじゃない。お前が危険な目に遭うかもしれないのに、黙って見ていられない」

かなり興奮しているのか、突然両腕を摑んでくる。

「それでも、もし受けたからにはやらなきゃならない、今更断れないって言うなら、俺が調べてくるから、この前の男がどこのどいつなのか言ってくれ。手柄だけお前のものにすればいい。それで祖父はごまかせる。な」

「っ⁉」

そうかと思えば、前触れもなく抱き締めてきて、

「朱鷺のことだけでも心配なのに、これ以上はもうたくさんだ。俺の気持ち、わかるだろう?」

「ちょっ――――っ」

佐原は驚くうちに口付けられて、目を見開いた。

いくら日没で辺りが薄暗くなってきたとはいえ、ここは天下の日比谷公園だ。

周りに会社帰りにデートを楽しむカップルが溢れているのは確かだが、みんな男女のカップルで、間違っても男同士じゃない。検察庁に勤めているような立場の者たちでもない。

「頼むから、無茶なことはやめてくれ。俺はお前に何かあったら…、ぐっ‼」

さすがに佐原も、罵倒するより先に手が出た。

「ごっ、ご心配いただけるのはありがたいですが、余計なお世話です。というか、話をいっしょくたにしないでください。何をするんですか、いきなり!」

何を考えてるんだ馬鹿野郎という気持ちで怒鳴る前に、反射的に飯塚の横っ面を張り倒してい

た。

「だから、俺はお前が好きなんだよ。いつも心配だし、祖父からもヤクザからも守りたいと思ってる。いい加減に、わかれよ。あんな厄介な奴らからお前を守れるのは、どこを探したって俺だけだろう？　どうしてそんなふうに突っ張るんだよ。俺に甘えろよ」

しかし、日増しにボルテージが上がっていたところで今日の話だっただけに、飯塚は一発殴られたぐらいではへこたれなかった。

「お構いなく！　自分の身は自分で守れます。誰かに守ってもらう必要なんかありませんから、ほっといてください」

「ほっとけないから言ってるんだろう。何遠慮してんだよ。お前と俺の仲だろう？」

どんな仲だと突っ込みたいところだが、これ以上ややこしくなりそうなのでスルーした。

「でしたら、勝手な解釈をしないで、もっとこちらの要望を聞いてください。今後、あなたのお祖父さんの依頼のために欠勤することも出てくると思いますが、そこをあなたがきちっとフォローしてください。これこそ、あなたにしかできない協力です。私があえてあなたに望むことがあるとしたら、それだけです」

ただ、迫り続ける飯塚を黙らせるため、躱すために、あえて要求した。

「っ…、佐原！」

とにかく飯塚は自尊心が高い。まったくの用なしだと言えば、余計にむきになる。

だったらいっそ、自分から役割分担を指示してしまったほうが、この場合は正解だ。

「ですから！　もし、本気で私のために何かしたいというなら、頼んだことからお願いします。これでも私には、出世欲があるんです。一国の大臣に恩を売れるチャンスは逃がしません。邪魔したら、ただじゃおかないですからね。それこそ春日特例判事補に愚痴りますからね」

佐原は、飯塚には一番差し支えがない公での仕事のフォローを頼むと、ついでに軽く脅して、この場から逃げおおせた。

「佐原っっっ」

最後に春日の名を出したのは飯塚の足止めをするためだったが、たった一言で本当に動けなくなった彼を見ると、佐原は本気で「春日だけは敵にしたくない」と思った。と同時に、ランチ一回分でこれだけの威力が発揮できるなら、今度春日にはまとめて一ヶ月分くらいの食券を渡しておこうかと考えた。なんなら、一年分出しても、損はない！　と。

「――――ったく。油断も隙もありゃしない」

そうして、飯塚の姿が完全に見えないところまで走って逃げると、佐原は口元を押さえながら、肩を落とした。

不意を衝かれたとはいえ、まさかあんなところで迫られるとは思ってもみなかった。キスまでされるなんて、想像もしていなかっただけに、この衝撃はかなり大きい。

しかも、不意を衝かれたのは、飯塚にだけではなかった。

「本当に。あんな男がいる職場には、二度と戻せませんね。冗談じゃない」

そう言って背後に立ったのは、やはりどこからか佐原を監視し続けていた本間だった。

『本間――――っ⁉』

振り返ったときには、ハンカチで口を塞《ふさ》がれていた。

悲鳴も上げられないまま、一瞬にして眠気に捕らわれ、落とされた。

「申し訳ありませんが、やっぱり遠目から見てるだけっていうのは、性に合わないみたいです。恨むなら、場所もわきまえられないあの男を恨んでください。もしくは、迂闊すぎるご自身をね」

本間の呆れ返った台詞が、微かに耳に残った。

だが、その場で意識を失った佐原に反論できるわけもなく、佐原はそのまま身を崩すと、本間の肩に担がれた。

ほんのわずかな時間のうちに、その場から別の場所へ連れ去られた。

5

佐原が目を覚ますと、そこには時代錯誤な畳部屋が広がっていた。

天窓から差し込む月明かりを見ると、どうやらここは屋根裏部屋か土蔵の中のいずれかだろうが、なんにしても六畳ほどの部屋の中央には、敷布団が一組敷かれていた。隅には衝立《ついたて》さえないまま、剥き出しの洋式トイレが設置されていた。この光景だけで、佐原は本気でブチ切れた。

「出せ!! なんなんだよ、この座敷牢は。ふざけるのも大概にしろよ。どうして俺がこんなところに閉じ込められなきゃいけないんだよ」

「あんな恥知らずな同僚がいる職場になんか、これ以上大事な姐さんを勤めさせられません。辞表を出して、朱鷺組に来る。それを納得されるまで、監禁させてもらいます」

太い木製の格子の向こうでは、本間が腕を組んで立っている。

その姿を見ただけでも腹が立ったが、彼の呆れた口調には我慢がならなかった。

「は? ふざけるな!! 何が姐さんだ。辞表だ。こっちはやらなきゃならない仕事が山ほどあるんだぞ。ってか、いきなり出勤しなくなったら、変に思われるだけだろう。捜索願いが出る。そこ、わかってるのか!」

無駄を承知で、格子を摑んでガツガツと揺さぶってみる。普段、罪人を牢に送ることはあっても、自分が入ることなどあり得ない佐原にとって、これほど屈辱的な扱いはない。

しかも、それをしてきた相手が極道なだけに、ここ一番の切れっぷりだった。

「もちろんです。先に手は打たせていただきました。姐さんのご親友の春日美奈子特例判事補にお電話申し上げて、これからしばらく結婚退職するかしないかの話し合いをするので、佐原事務官が欠勤されても心配しないでくださいと伝えました。何があっても佐原さんのことは、この朱鷺組が責任を持って守りますから、少しばかり目をつぶってくださいとお願い申し上げました」

「っ…、なんだと!!」

それなのに、こんなときに限って、切り札まで先に使われた。

「彼女は、あなたに何かあったらただじゃおかないとは言いましたが、無事ならフォローはしておく、一生の問題だし、お互い納得のいくまで検討するようにと言ってくださいました。実に話のわかる方で助かりました。やはり、本当のエリート、大物は違いますね」

「何がエリートだ。馬鹿言ってるんじゃないぞ」

まさか春日に根回しをされるとは――佐原の顔色が悪くなる。

彼女の了解を取られたら、佐原を救ってくれる者など一人もいない。たとえ自分が不本意な目に遭っていると飯塚辺りが気づいたところで、春日が一言「わかってるわよ。でも、仕方ないのよ、今だけは」と言えば、それきりだ。

おそらく陶山でも手が出せない。なぜなら検察庁のトップである検事正は、春日の叔父だ。

陶山も多少は付き合いがあるような口ぶりだったが、それでも身内ほどの縁はないだろう。

だから霞ヶ関の魔女だというのだ、春日美奈子は!!

「馬鹿はどっちです！　こうでもしなければ、まともに話し合いもできないでしょう。というか、そもそもなんなんですか、あの職場。あなたは、自分のことに疎《うと》すぎます。朝から晩までベタベタベタベタしてくる男ばっかり。それも一人や二人じゃなく、ひっきりなしじゃないですか」

おかげで、本間も鬼の首でも取ったような態度で、佐原を叱咤《しった》してきた。

「その上、日中のレストランとはいえホテルに呼び出されてみたり、とどめが日没の日比谷公園ですよ。一般カップルも唖然です。私だってもう少し人目を気にしますよ。本当に、あれで犯罪者を起訴するなんて、よく許してますね。国家資格があればいいってもんじゃないでしょう？」

どうして飯塚の分まで詰《なじ》られなければいけないのかが腹立たしいが、ここだけは佐原も同意できるので、返す言葉がない。

「――――」

「反論しないんですか？　あなたって人は」

正直すぎる佐原の態度に、本間のほうが頭を抱えてしまうほどだ。

「とにかく、これに関しては、少し真剣に考えてください。考えるまでもないなんてことは言わずに、一度くらい真剣に!!　組長も、どうかお願いします」

「っ!?」

だが、佐原と本間の口論はここまでだった。格子の向こうに、朱鷺が姿を現した。

「好きだし、信頼もしてるけど、愛じゃない。そんなふうに言われたら、私もどうしていいのかわかりません。佐原さんは、そもそも私の手に負える相手ではないので、そこだけしっかりとした確認をお願いします」

本間は、今朝佐原に言われたことを、そのまま朱鷺に伝えた。

「彼を守れと言われれば守ります。一生尽くせと言われれば尽くします。なので、どうか……」

その上で、二人のことは二人で決めてほしい。どちらか一方が決めるのではなく、二人の合意のもとで行く末を決めてほしいと願って、その場から立ち去った。

「話し合うまでもない。お前は仕事を辞めて、俺のところに来るだけだ。それが一番だ」

すると朱鷺は、格子越しに軽く寄りかかった姿勢で、閉じ込められた佐原を軽く見下ろした。

「何が一番だ。こんなふざけた話に付き合えるか」

「そんなこと言ってるうちに、いずれどっかの馬鹿に迫り倒されて、刺青のことがバレるぞ。バレたら、それをネタに脅迫されるか、懲戒免職に追い込まれるかどっちかだろう？　だったら早期退職で、多少なりとも退職金貰ってうちに来るほうが得ってもんだろう。ん？」

格子を揺すっていた手に手を合わせると、そっと握り締めてくる。

「何が得だ。勝手なこと言うな！」

思わず胸が高鳴り、佐原は朱鷺の手を振り払った。

『どうする？　このまま居座れば、誰にも怪しまれずに、本間のことが調べられる。本人からだけでなく、周りからもそれとなく裏が取れる。けど、一人で外にも出られなくなったら、そこから先へ進めない。肝心な陶山のこと、事件のことが調べられなければ、意味がない』

陶山に依頼された件があるだけに、余計に迷いが生じてしまう。

どんなに朱鷺が切なそうに見つめてきても、それを受け止める佐原の頭の中は、他の問題でいっぱいだ。自分の行く末を考えろと言われたところで、気など回らない。

「悪いようにはしない。約束する。俺は、お前が好きだ。惚れてる」

面と向かって告白されたところで、混乱するだけだ。佐原の頭の中は、真っ白だ。

「お前だって俺のことは嫌いじゃないはずだ。むしろ、好きなはずだ。そうでなければ仕事のためとはいえ、一年半も絡んでられない。少なくとも、俺の腕の中で安心して寝息を立ててるなんてことはできないはずだ」

呆然としている佐原に、それでも朱鷺は語り続けた。

「一晩絡んでるうちの一瞬くらいは、俺に抱かれて悦んでる。心から快感を味わってる。そうだろう？」

この一年半の間に、二人が積み重ねてきた現実だけを思い出せと迫ってきた。

「――――だとして、仮に俺がお前に惚れてるとして、だからヤクザになれるかって聞かれたら、それとこれとは別の話だ。たとえお前との関係がバレて首になったとしても、俺自身が極道になれるのか、お前の囲われ者になれるのかって聞かれたら、無理に決まってる」

佐原は、自分にとって当たり前のことしか言えなかった。

「俺はこれでもいっぱしの男だ。誰かに庇護されて生きるような人間じゃない。物ごころついたときから、一人で生きてきた。顔も知らない親に捨てられたんだ、誰一人当てになんかしてない」

「っ⁉」

初めて口にした生い立ち。

「それが寂しいとか、悲しいとか感じたこともない。ようは、独断で墨を入れられるのだって、親に貰った身体だなんて、これっぽっちも思ってないからだ」

それゆえの価値観。

「俺は俺だけのものであって、誰のものでもない。妙な責任感で構われるのはご免だ。お前の勝手なルールに縛られるのも勘弁してくれだ。俺は俺で、お前はお前。快感と生きざまは別問題だ」

天窓から降り注ぐ月光を浴びる佐原は、いつにも増して美しかった。

だが、それでいて、これまでにはないほど愛に飢えた目をしていた。

「なら、その生きざまや価値観が変わるぐらい、俺に溺れさせるしかねぇな」

朱鷺は、スーツのポケットから牢の鍵を出すと、扉を開いて中へ入る。

「っ、何する気だ」

佐原の腕を掴むと力ずくで引きずり、部屋の中ほどに敷かれた布団の上に組み伏せる。

「俺なしでは生きられない。そういう心と身体に、今からでも躾《しつ》け直してやるしかねぇってことだよ」

強引で甘い台詞を発した唇が、佐原の答えを待たずに口付けてくる。

「ん、んっ」

微かに鼻孔を擽る彼の匂いは、今夜も佐原の欲情をかき立てた。縦横無尽に蠢《うごめ》く両手は、どんな抵抗ものともせずに、佐原が纏った衣類を見る間に剝いでいってしまう。

「んんっ」

徐々に肌が晒される。だが、この瞬間でさえ、佐原は迷っていた。

『否定と肯定。せめて目的を果たすまでは、朱鷺と絶縁するわけにはいかない。こいつを完全に否定するわけにはいかない。けど…っ。だけど…』

自分に課せられた任務、自分で自分に課した使命、いくつもの思惑が交差するうちに、佐原は朱鷺のなすがままだ。

「っ！」

しかし、器用な利き手がズボンのベルトを外し、ファスナーを下ろし始めると、佐原はハッとした。下着ごと掴まれ、容赦なく剝がされかけて、なりふり構わず身を捩った。

「やめろっ!!」

朱鷺の手が剥き出しになった白い太腿に触れると、懸命に両足を閉じて羽ばたく鳥の姿を隠した。

『これは、愚か者の証――以前のようには、居直れない』

心も身体も忘れていない。描かれた朱鷺の翼をもがれるように掴まれて凌辱《りょうじょく》されたのは昨夜のことだ。愚か者の証だと蔑《さげす》まれながら、力ずくで立場や関係を変えられた。そんな記憶が、消えるわけはない。

『こいつが利害じゃなくて、俺に対する後悔や責任からこんなことをしてくるのかと思ったら、とてもじゃないけど受け入れられない』

佐原は身を固くしたまま、全身でのしかかる男を拒んだ。

『同等だと思っているのは俺だけだ。こいつの中では、俺は庇護する相手になり下がっている。何を言ったところで、俺が…どう突っ張ったところで、こいつの俺を見る目は以前と違う』

昨日までならできたと思う、暴れ狂うような抵抗ができない。いったん力で制圧された雄は、こんなに無力なのかと痛感する。

『これは、愚かでか弱い愛玩動物を見る目だ。ただの、女を見る目だ』

佐原は、常に猛々しさを損なうことのない朱鷺から目を伏せると、どこか諦めた顔をした。

閉じられた足の付け根からは、封じられた朱鷺の翼がわずかにのぞく。

「――――っ……と。出かける時間か」

だが、朱鷺はそれ以上の何をするでもなく、佐原から離れると身を起こした。

「っ……っ」

「とにかく、春日に時間を都合してもらったんだ。ここは有効に使うぞ。しばらくお前はここで花嫁修業だ。本間をはじめとする舎弟共は全員、お前を朱鷺組の姐として扱う。それに馴染めるかどうか、お前も一度は真剣に考えろ」

勢いに任せてはぎ取った衣類の中からワイシャツを手にして、描かれた朱鷺が潜む下肢にそれをかけた。

「っ⁉」

「それでも、どうしても馴染めない、ここでは生きられない、努力すればどうにかなるってものじゃない、そもそも呼吸もできない。そういう結論に達したら、俺も諦める」

先ほどまでの強引さはなんだったのかと思うほど、朱鷺は静かに身を引いた。

「だから、そのつもりで過ごしてみてくれ」

それだけを言い残すと、最後に佐原の肩を軽く撫でてから、牢の外へと立ち去った。

「――――……っ」

佐原にとって、安堵のときが訪れた。それなのに、立ち去る男の後ろ姿を目にして、不意に涙が溢れ出した。

『なんで…』

最後に撫でられた肩が熱かった。ひた隠しにした刺青がなぜか疼《うず》いて、たまらなかった。

凍えるような室温であるはずもないのに、身体も唇も震える。

どこからともなく込み上げてくる不安、喪失感。佐原は、そのまま起き上がることもできずに、敷かれた布団に顔を伏せた。

『――――も、わけわかんねぇ』

頬や枕を濡らす涙を拭うこともなく、天窓から差し込む月の明かりに照らされ続けた。

＊＊＊

翌朝のことだった。鍵のかかっていない座敷牢から脱走する気力さえなかった佐原は、携帯電話にセットされたアラーム音で、いつもの時間に目を覚ました。

見れば無数の着信記録。一向に出ないものだから連打したのだろう、無数のメールが届いていた。それらはすべて飯塚からのもので、佐原は起きぬけに大きな溜息をつくと、ある意味、目的と覇気、そして開き直りを取り戻して返信メールを送った。

〝依頼を実行するにあたって、昨夜から朱鷺の本宅に入り込みました。しばらくここで様子を見ます。何かあればメールしますが、それ以外は連絡を断ちます。しばらく仕事のフォローをよろしくお願いします〟

飯塚からの返信を待つこともなく、受信履歴と送信履歴をリセットした。

使った形跡のなくなった携帯電話の電源を落とし、スーツの内ポケットにしまった。

そして、

「組長から話は聞きました。ただ、事実を知ってるのは、私だけです。ここの奴らは、何も知りません。知らないまま、これからあなたといっとき生活を共にします。嘘も隠しもない姿であなたと接しますから、どうか、ご判断のほどよろしくお願いします」

その後現われた本間の指示に従い、「これならサイズを気にしなくていいと思いまして」と言われて出された朱鷺の着物を佐原は嫌々纏った。そして、牢から母屋へ移動した。

「では、ちょっと朝食を持ってきますので、ここで待っていてください。明日からはみんな一緒にとるようになりますが、今日だけは様子を見ながらということで――」

佐原が閉じ込められていたのは年季の入った土蔵。今どき敷地内に蔵を残す家がどれほどあるのかと思うが、年季の入った日本家屋と庭園が織りなす和の世界においては、あって違和感のないものだった。むしろ、使い道はどうかと思うが、手入れのほうもしっかりと行き届いていた。

これらは、代々嫁いできた者が守ってきたのか、舎弟が気を配っているのかはわからないが、大したものだと佐原も思った。

これで普段使われている居間が、客間ほど綺麗なら完璧だと感心するところだが、さすがにそこまではいかないらしい。随所に男所帯を示す痕跡がある。なんとなくだが、佐原は何度か見た朱鷺の事務所の散らかり方に通じるものを感じると、いかに用意されていたマンションの部屋に、生活感がないのかを実感した。本当に密会のためだけに用意されていたのだと気づくと、用心のためとはいえ、なんてもったいないことをしていたんだと、今更思った。

『事実を知ってるのは、朱鷺と本間だけか。なんか、これって俺が嘘つきでずるい気がするんだけど…。でもま、これでここの奴らと俺では、相性が悪い。やってけないってわかれば、朱鷺は納得するわけだよな？　しかも、その間に俺は任務を遂行できる』

とはいえ、極道の家に来て、真剣に花嫁修業をさせられる検察庁の事務官がどこにいるんだと、情けなさから肩が落ちた。

『本間の素性を調べ、ＤＮＡ鑑定に必要なものを採取し、その判定如何《いかん》によって、次に起こすべき行動を決められる』

ただ、この不本意な肩書さえ我慢すれば、やるべきことができる。朱鷺と話もできる。そう気持ちを切り替えると、佐原は案内された居間のテーブルに残されていた灰皿の吸殻を手にして、これはいったい誰が吸ったものだろうかと考えた。ついでに本間が座っていた場所、移動した場所に目を凝らすと、髪の一本でも落ちてないかと探してみる。

「何してるんですか？」

しかし、盆に朝食を載せて戻ってきた本間は、そもそも短髪だった。地肌も髪も健康そうで、抜け毛に悩んでいる様子はない。簡単に考えていた毛髪の採取は案外難しいかもしれない。

『うーん。まさか別のところから抜かせてもらうわけにもいかないし。なんにしても、こいつの部屋に、難なく出入りできるようになるのが一番確実だよな』

佐原は、この際精神的リスクをも職務意識に利用、メリットに替えることにした。

「奴に花嫁修業しろって言われたから、まずは掃除かと思って。一応、それらしいことしておかないと、周りから怪しまれるだろう？」

煙草の吸殻や使用ずみのグラス、指紋、皮膚、唾液。それらがついていそうな、本間の持ちものに触れても違和感のない、変に疑われない立場にまずは自分を置くことにした。

「滅相もない!! そんなの舎弟がします――あっ」

だが、突然灰皿を片づけ始めた佐原に驚き、本間が手を出したがために、灰皿は佐原の手から畳の上へと滑り落ちた。

「何してんだよ。余計に散らかっただろう」

「すみません」

思いのほか散ってしまった煙草の灰を、慌てて本間がかき集める。が、それを目にした佐原の本気スイッチが、思いがけないところで入った。

「あ!! 素手で集めたら、逆に灰が畳の目に詰まるだろう!! 濡れぞうきんと乾いたぞうきんを持ってこい。あれば茶っぱの出がらしを固く絞ったやつ」

「――え？」

「いいから早く」

「はい」

本間は言われるままに用意した。

「ったく。掃除の仕方一つ知らねぇのかよ」

何が起こっているのだろうとは感じたが、逆らえる状況ではなかったので言われるまま落とした吸殻の掃除を始める。

「だから、畳は目に沿って…。って、目もわからねぇのかよ！　使えねぇな、本当に」

「すみません」

しかし、やればやるほど怒られた。逆に、怒る佐原の目は輝き、生き生きとしている。

「あれ、何してんだ？」

「掃除の仕方、教えてるみたいですけど」

「馬鹿！　本間の兄貴に何させてんだよ」

そんなやりとりを聞きつけた舎弟たちが、自然と居間に集まってくる。

「いや、待て。あれが組長の言ってた、姐さんじゃないのか？　検察庁から攫《さら》ってきたっていう、鬼塚総長お墨つきの事務官姐さん」

「あ、そうだよ。いつもとカッコが違うからわからなかったけど、あれ佐原事務官だ」

朱鷺に借りた着流し姿の佐原に、いつしか舎弟たちの目が釘づけになる。

「――……やっぱ、組長って面食いだったんすね」

「ん。これまで、あの人の素顔って見たことなかったけど、噂通りの美形だわ」

仕事の際、佐原がセクシーダウンをするためにかけていた、かなりダサめな眼鏡姿しか見たことのなかった舎弟たちは、素顔を目にするだけでも好印象を受けて、テンションも上がった。

「ちょっと、ツンデレ入ってるのがいいですよね」

「きっと俺たちには、ツンツンだろうけどな」

同じ着物でも、朱鷺が気流す様と、佐原が気流す様はどこか違う。線が細いのは確かだが、それ以上に醸《かも》し出す艶《つや》の種類が違う。

「姐さん。あっしらが代わります。どうか、そんなことは他の者に命じてください」

舎弟の一人がなんの躊躇いもなく「姐さん」と口にしたのは、理屈ではなく本能だろう。

よりにもよって事務官を嫁にするのか⁉

本間から説明されたときには物議を醸し出したが、いつの時代も極道は美人好きだ。たとえこの平成《へいせい》不況にどんな夢を見ているんだと思ったところで、高級車を転がし、美人をはべらすのが好きなのは、幹部も平《ヒラ》も変わらない。ある意味基本的な男の願望に忠実なのが、極道だ。

「ん？」

しかし、満面の笑みで声をかけてきた舎弟に対して、佐原はひどくそっけなかった。

「こういうのを普通に見落としてる奴らに、任せろってか」

目についた障子の埃《ほこり》を指で掬うと、昭和《しようわ》時代のお姑さんより鋭い目つきで彼らを睨んだ。

「っ…、え？」

「お前らがこういうところで手を抜いて、客が来たときに恥かくのは誰なんだよ！　え⁉」

「っっっ」

よもや、まさかという展開に、男たちも顔を見合わせ動揺する。

「今から大掃除をする。こんなこ汚いところに住めるか。ついでに屋敷内を全部確認するから、誰か案内しろ」

考える暇さえ与えず、佐原は更に舎弟たちに追い打ちをかけるべく暴挙に出る。

「確認？」

「全部？」

「なんだよ。俺に見られてヤバいもんでも隠してんのかよ。まさか薬やチャカを、そこらへんに転がしてるんじゃないだろうな」

本間の部屋に出入りし、尚かつここの人間に嫌われる。この二つを同時に成し遂げるには、鬼嫁になるのが一番だ。それも朱鷺にとってではない、舎弟たちにとって洒落にならない極道の姐に徹することこそが、佐原の精神的なストレスをメリットに替える方法だったのだ。

「そんな、滅相もない！」

「磐田会系は、薬はご法度です。チャカは、その…チャカは、さすがにいざってときのために隠してありますが、薬は一切ないです」

「ならいいけど」

佐原は、有無を言わせず大掃除を宣言すると、駄目出しの連続で肩を落とした本間を無視して、屋敷内を勝手に探索し始めた。

「――――え？　いいんすか？」

「当たり前だろう。ヤクザのうちに来て、チャカの一挺や二挺なくて、安心できるかよ。いきなり攻めてこられたら、撃たれ損じゃないか。で、ちゃんと手入れしてんだろうな？　いざってときに撃鉄起こせませんとか、勘弁しろよ。この掃除の仕方見たら、そこも疑ってかかるぞ」

マンション住まいに慣れた佐原にとって、日本家屋の部屋割りは、意外に複雑でわかりにくい。部屋の仕切りが襖であったり、思いがけないところに壁や廊下があったり、特に年代物の家屋な上にやたらに広いとなると、全容を把握するのにも一日がかりだ。

「…っ、今日中に確認します。手入れもします」

「ああ、そうしとけ。備えあれば患《うれ》いなしだからな」

やはりここは、最初に拳銃を隠した部屋を確認しておこう。何かのときにはこれでパクれると思ったのに、なぜか台所に出てしまったほどだ。

「おい。お前、そこで何してる？」

まるで民宿か合宿所の厨房のような広い台所、佐原は大型の冷蔵庫を前に奮闘する男を見つけると、不思議に思って声をかけた。

「あ、今日は生ゴミの日なんで、賞味期限が切れたものを処分しようかと思って」

「は？　何もったいないことしてんだよ。んなの、一日二日過ぎたところで食えるって。今日中に全部料理しちまえば問題なし」

素に戻って柳眉がつり上がる。

「え？」

「え？　じゃねぇよ。そもそも弱いもんいじめして上がり取ってるくせして、無駄遣いすんな。お前ら天下りの役員か！　買ってきたら、全部綺麗に腹に収めろ！　それが礼儀ってもんだろうが、罰《ばち》が当たるぞ」

「っっっ、はいっ」

どさくさに紛れて天下り批判をしている辺りで、すでに地だ。目的がどうこうというより、やりたい放題に火がついた。傍若無人にふるまうことで、ストレス解消に走り始めたといってもいいかもしれない。

「次！」

そういえば、どうしてこんないい女が極道に？　という理由を探ると、この環境に味を占めてはまるパターンが少なくない。刺青を背負った男の裸体は、恐怖と愉悦を同時にくれる。硬質な男たちに「姐さん」と呼ばれてかしずかれるのは、俗世では味わえない快感だ。こうなると、屈強で気丈な女ほど、はまると抜けられないのが極道だ。映画に出てくる姐たちが、あまりに強くて美しい印象だけを与えてくれるものだから、気がつけば命がけという女が跡を絶たないのが仁侠の世界だ。

もちろん、佐原は男だ。そんな世界に憧れることもない、むしろ敵視している側の人間だ。たとえここで思いがけない快感を味わったところで、一歩外へ出れば切り替わる。事務官・佐原に戻るつもりなのだが——それにしたって、今の佐原に朱鷺の本宅は愉快な場所だった。

「うわっ、ヤニ臭っ。なんだこの部屋、壁が茶色に染まってるじゃない」

冒険をするように、手当たり次第に踏み込んで行くと、次々にワクワクさせてくれる光景が目に飛び込んできた。

「ってか、お前それで待ってても無駄だぞ。待ち牌全部場に出てる。よく見てるのか？」

中には非番なのか、朝っぱらから麻雀卓を囲んで、遊興にふける男たちもいた。

「え⁉」

「こっち切って、リーチ。そのほうが早い」

「え⁉　えっ⁉　ちょっ、それでリーチは無謀っ」

賭博法違反だ——とは言わないが、微妙に反応が鈍いところを見ると、徹夜麻雀明けなのかもしれない。

「何が無謀だよ。ほら、リーチ一発ツモ。お、裏が乗った。跳ねたじゃん。ラッキーだな、お前。ってか、昼間っから負けの込んだ麻雀するぐらいなら、大掃除しろ。どうせ暇なんだろうから、この茶色い壁紙も全部張り替えろ。いいな。後で確認するから、必ずやれよ」

特に、舎弟も末端になってくると、佐原の顔も知らずに怒鳴りつける者もいる。

「何っ、なんだこの野郎！」

いっそ、一発ぐらい殴ってくれたら騒ぎも一際、佐原にとっては出ていくときの理由ができて好都合だが、そこは常に本間たちがセーブした。

「失礼なこと言うな。組長が連れてきた姐さんだぞ」

「は？　姐…、えええっ⁉」

普段から朱鷺や本間から目をかけられる若い衆たちがこぞって、佐原のやりたい放題をフォローして回った。

「次、トイレどこ」

「これからやります！　今掃除をするところでした！」

「そう。玄関とトイレは主の顔だと思ってしっかり磨け。一番目につく。次に水回り。ここで手抜きする奴は、出世しねぇぞ」

「はいっ」

おかげで佐原は、順調に舎弟たちをいじめながらも、本間の部屋に入り込むことにも成功した。

『ここが、本間の部屋か』

本間の部屋は二階にある朱鷺の部屋の向かいにあった。どんなときでも駆けつける、傍にいるのが当たり前ということなのだろうが、室内を見渡しただけでは、住んでどれぐらいになるのか見当がつかない。しかも、どうやら密会に使っていたマンションのコーディネートは本間がしたらしい。北欧のハイセンスな家具でまとめられた寝室と居間の続き部屋は、これまで見てきた中で一番綺麗な一室だ。和室でありながら、上手く取り込まれた洋家具が、見事にお洒落な空間を作り出している。

「二重帳簿、めっけ」

佐原は、わざとらしいぐらい好奇心に満ちた顔で室内を物色すると、検査に使えるものがないか探していた。

「あわわわわっっ。勘弁してください。マルサにだけは、チクらないでください」

「誰がするか、そんなこと。どうせチクッたところで、俺には一銭も入ってこないよ。それに、今あいつらに預けたところで、無駄遣いするだけだ。むしろ適当にごまかして、老後に蓄えたほうが、自分のためだな」

何かを持ち出すこと自体は可能でも、そう何度もできることではない。できれば一度で、確実に。しかも、手のひらに収まり、持ち出したことがわからないような品があれば理想的だ。

とはいえ、机やちょっとした棚なら見ることも触ることもできるが、なかなかクローゼットやベッド回りに手をかけるのは気が引けた。

「――――え…？」

「お前、一般人でさえ放り出されるのが、今の老齢化社会だぞ。ヤクザの分際で福祉に世話になれると思うなよ。どうせ年金なんか払ってないんだろうから、現金だけは持っとけよ。そうでないと野垂れ死ぬぞ」

それでも何かを得るなら、ここが一番ありそうで、佐原は帳簿を片手に無駄話を始めると、一息つくようにベッドへ腰かけた。

「それに、これにしたって上手くごまかしてはいるけど、まだまだ甘いよ。俺が見てわかるようじゃ、監査に入られたら一発でバレる」

きちんとベッドメイクされた枕元には、やはり髪の毛一本落ちていない。仕方なく帳簿を出しに隣へ座れと合図するが、本間は足元に片膝をつくだけで、決して隣へは来ない。

「ここには専門家はいないのか？」

「専門家…？」

話をしながら肩や襟元をチラチラ見るが、やはり髪の毛の類《たぐい》は無理そうだ。一番手っ取り早いのは色仕掛けなんだろうが、それができない相手だけに、佐原も悩む。

「ああ。いないなら、金さえ出せば何でもやるっていう国税局のＯＢを知ってるから、今度話つけといてやるよ。隠し財産作るなら、一番頼れる。なにせ、ありとあらゆる脱税方法を見破ってきたプロ中のプロだからな。隠すのも上手いんだ、これが」

とはいえ、急いては事をし損ずるのでは意味がないので、佐原も無茶な行動はしなかった。

「佐原さん…、あなたって人は」

本間は佐原の目的を知らずに、苦笑をしいられる。

「さ、次行くか」

佐原は本間の苦笑の意味を勘違いしたまま、ベッドから立ち上がる。

「はい」

去り際に、温もりの残ったベッドにそっと触れた本間を見て、「顔に似合わず神経質だな」と取った佐原に、本間の本心はわからない。

『今夜から、いったいどこで寝たらいいんだよ』

自分の部屋やベッドに余韻を残されることが、本間にはどれだけ残酷なことだったのか、佐原には想像もできないことだったから――――。


夏の最中だというのに、一日かけて大掃除。これには非番で家にいた舎弟たちも音《ね》を上げた。

「何へばってるんだよ、大の男が。情けないな」

「姐さん、なんでそんなに元気なんですか?」

一番体力がなさそうに見える佐原がまったくへこたれないので、どうにか堪えたが、男たちは揃いも揃ってバテバテだ。

「灼熱のコンクリートジャングルとクールビズで鍛えられた公務員を舐めるな。こんな風通しのいい家で、クーラー入れてることが、信じられない。窓も襖も全開にしてれば、自然と風が吹き抜ける。湿度対策が行き届いた日本家屋のいいところを利用しない手はない」

よもや、佐原がバテる舎弟を見ながらストレス解消をしているとは思わないので、何か言われるたびにいちいち感心、納得している。素直さだけなら彼らのほうが、佐原の何十倍もありそうだ。

「朱鷺はいるか！」

――と、そうでなくとも暑いところへ、更に暑苦しいドス声が響いてきた。

「これは、沼田の親分。どうされたんですか？　いきなり」

「おう、本間。お前、八島と組んで俺をハメやがったな」

「なんのことでしょうか」

何かと思い玄関先へ出向くと、本間が、池袋《いけぶくろ》を根城にしている沼田組の組長を応対していた。

「総長にどんな色目使ったんだよ。直々にお達しが来たぞ。朱鷺に構ってる暇があったら、早く身体治せって。どういうことなんだよっ、あ⁉」

「そっ、それは…」

話には聞いていたが、見るからにオラオラなおっさんだった。任侠映画には欠かせない存在感で、無抵抗になるしかないを本間の襟を本気で締め上げている。

佐原はそれを目にすると、冷ややかに言い放った。

「言葉のままじゃねぇの？」

「なんだ、貴様は!!」

奥間まで響き渡るような罵声に、顔を引き攣らせたのは舎弟たち。佐原は腕を組んだ姿勢で、沼田を見下ろす余裕さえあった。

「お前の無駄話のおかげで、えらい目に遭わされてる朱鷺の飼い主だよ」

「あ？」

「だから言ってんだろう。そもそもお前が余計な話を鬼塚に吹き込まなきゃ、俺の生活は安泰だったのに。お前が朱鷺の犬がうんぬんといらねぇこと言うから、こっちに全部とばっちりが来てんだよ！　ちょっと身体壊したからって、保身に走りやがって。跡目の心配するぐらいなら、とっとと養生して、最期まで漢を貫きやがれ。命惜しんだら、極道は終わりだろう」

いや、この場合は余裕ではなく怒りだ。それがわかるだけに、本間はどこで止めに入ろうかオロオロした。素人に手を出さないのは沼田も同じだが、ここで啖呵を切った限り、佐原にその言い訳は通らない。沼田からすれば、佐原は立派に朱鷺組の人間だ。それも見覚えのない、得体のしれないぺーぺーだ。

「なんだと」

「だいたい極道の跡目なんてな、親が死んでから立てりゃいいんだよ。どこの独裁国家元首だ、テメェはよ」

「うっ」

「鬼塚にしたって、年食ったお前にならと、俺のために死ねって言えるだろうが、自分より若い跡目にそんなこと言えねぇだろう？　朱鷺よりテメェの身体を構えっていうのは、そういう意味じゃねぇのかよ。鬼塚が欲しいのはお前の命であって、跡目の命じゃねぇ。違うのか」

しかし、佐原の言うのももっともだと思ったのか、沼田が黙った。

「っ…。組長？」

「親父？」

「――――帰る。跡目の話はしばらくなしだ。いや、俺があの世に行くまでなしだ」

余程胸に響くものでもあったのか、誰もが唖然とするようなことを言い放った。

「く、組長っ？」

「そ、そんな親父！」

「綺麗な兄ちゃん、ありがとうよ。俺に死に場所を思い出させてくれて。感謝するぜ」

しかも最後は、フッと笑って立ち去っていく。これには同行してきた幹部も息子も大慌てだ。

どこの組でも跡目の問題は組を挙げての大問題だけに、こんなにあっさり片づけられては、下の者たちも立つ瀬がない。特に、組長就任を待っていただろう息子のほうは、ただただ驚愕だ。

「馬〜鹿。ド・単純。いっそ無理して早死にしちまえ。鬼塚がお前に身体治せなんて、ただの嫌がらせに決まってんだろう。この期に及んで、セコイ真似してると、愛想尽かすぞって言われたのもわかんねぇのかな。んと、馬鹿だよな」

もちろん佐原にしてみれば、今のもただの嫌がらせだ。本間は次第に佐原の魂胆が見えてきたのか、ますます肩を落としていく。が、今日に限って、落ち着いて凹むこともできない。

「まあ、馬鹿な子ほど可愛いっていうのもあるけどな」

「？」

「おっ、鬼塚総長！」

沼田と入れ違うように現れた鬼塚に、本間は腰が抜けそうになった。その場にいた舎弟たちにしてもそれは同じ、右に倣《なら》えだ。しかも何かあったのだろうか、鬼塚の左頬には湿布《しっぷ》が貼られて、いつにない凄味が増している。

「礼を言うよ、佐原。沼田を奮起させてくれて。あいつ、聞けばただの潰瘍《かいよう》を癌《がん》だと思い込んで、最近荒れてたらしいんだ。跡目なんて言い出したのも、そのせいで。けど、実際奴なら軽く百まで生きるだろうって、主治医が言ってたらしい。ま、俺も息子よりは親父相手のほうが何かのときに死んでくれって言いやすいからな。助かったわ」

「ちっ。全然嬉しくねぇ」

磐田会一の精鋭部隊と呼ばれる若い側近たちを従えた鬼塚相手に、まったく態度を変えないのは佐原ぐらいだ。むしろ、沼田を相手にするより態度が悪いのは、本間の見間違いではない。

「まあ、そう言うな。それよりちょっと話があるんだ。上がっても構わないか？」

突然訪れた鬼塚の申し出に、誰もが「大掃除してよかった」と胸を撫で下ろす。

「別に。ここで断ったら、こいつら自決しそうだから、上がれば？　ただし――」

それなのに、佐原が鬼塚相手にゴミ箱を突き出したからたまらない。

「何だ？」

「身につけてる物騒なものは、全部ここに置いていけ。お前も後ろにいる連中も、この家に上がるなら手ぶらで上がれ」

それも下駄箱脇に置かれていたものを足で寄せて、顎《あご》で「ここ」を示す。本間はその光景を目にしただけで、心臓麻痺を起こしそうだった。

「なんだと、貴様。総長になんてこと！」

鬼塚の側近たちが顔色を変えたのも当然だ。本間は指を詰める覚悟で、この場の仲裁に入ろうと身を乗り出した。

「よせ。極道の家を預かり守る者からしたら、当然のことだ。むしろ、これを誰にでも言えるっていうのは、頼もしい限りだ。さすが朱鷺が惚れた連れだ。お前らも見習え」

笑ってすませてくれた鬼塚の寛大さに救われる。

「っ、はい」

それどころか、鬼塚が懐に秘めていた銃をゴミ箱に放ったことで、佐原の株だけがグングンと上がった。佐原にとっては不本意だろうが、舎弟たちの見る目が尊敬を含んだものに変わってくる。すでに「すごい！　うちの姐さん日本一」と、内心拍手喝采だ。

「――――で、何？」

佐原もそれを感じてか、ますます機嫌が悪くなった。こうなると、鬼塚を居間に上げても態度はデカい。同席することもなく、出入り口に立ったまま腕を組んで見下ろしている。

「一度きちんと詫びておこうと思って。俺の言葉が足りなかったせいで、えらい目に遭わせたらしいから」

「言葉が足りないんじゃなくて、多いんだよ。余計なことばっかり言いやがって」

もう、誰にも止められない。できればトラブルを起こしたい佐原は、言いたい放題の八つ当たりし放題。起訴中の容疑者にだってもう少し優しく接するだろうに、鬼塚相手に喧嘩腰だ。

「まあ、そう言うな。番号、教えといてよかっただろう。早速役に立ったじゃないか」

「おかげさまで。あんまり腹が立ったから、刑事部に売ってやろうかと思ったけど。さすがにそこまではしないでやったよ」

「そりゃ、助かった。ありがとう」

「ふんっ」

思惑が裏目に出るたびに、愛想も態度も悪くなる一方だ。

「それより佐原、こうなったら朱鷺を頼むぞ」

「――――は？」

「あいつが誰彼構わず嫉妬を剥き出しにしたのは、初めて見た。それだけ本気だってことだろうから、支えてやってくれ」

だいたいなんの用があって鬼塚がここまで来たのか、本題が出てこないことにもいら立ちが膨らんでいく。

「なんの話だよ」

「うっかり目にしたお前の彫りもののおかげで、幹部三人と八島が奥歯を折られる羽目になった」

「――――？」

「こっちはこっちで、代償は払ったってことだ。本当に、迂闊なことは言うもんじゃないな」

すると、鬼塚は頬に貼られた湿布を半分ほど剝がしてみせた。

〝次に誰かに見せたらぶっ殺す〟

佐原の頭に、嫉妬と激怒を露《あら》わにした朱鷺の顔が浮かんだ。

「え？　まさか…それ」

「そう。八島たちが止めに入らなかったら、この程度じゃすまなかったってことだ」

「…っ」

「ま、この先根に持たれるよりはいいけどな」

さすがに佐原も、返す言葉が出てこない。廊下で控えていた本間など、その場で土下座だ。いったいいつそんなことをしに行ったのかと考えただけで、目眩《めまい》がする。

『だからって、普通総長に手を上げるか？　指詰めるぐらいじゃすまないだろう？』

佐原は、やれやれと湿布をもとに戻した鬼塚を見ながら、改めて朱鷺の過激さを痛感した。

『それを笑って許してるのは、こいつの器の大きさか？　もしくは、そうまでしても宥めたい、後腐れは残したくない相手だってことなんだろうけど。朱鷺って漢が――』

各自、連れに対しての暗黙のルールが存在するのかもしれないが、だとしても奥歯を折られた他の四人が、何も言ってこないところもすごい。それだけ鬼塚に抑える力があるのだろうし、朱鷺への理解もあるのだろうが、佐原は自分がやったら間違いなく首だなと思った。

『なんにしても、ヤクザにしとくには惜しいよな。鬼塚も、朱鷺も』

力と力、拳と拳で得ただろう男たちの信頼関係は、職務意識で繋がり、上下関係を保っているのとはやはり違う。どんなに信念や正義感、法への価値観で通じ合っているとはいっても、命がけで守り、守られ合っている男たちの信頼とは何かが違う。

『極道――か』

善悪は善悪であって、悪の正義など存在しない。また存在してはいけない。

なのに、どうしてか目の前で笑う鬼塚が誇らしげで、佐原は負けたような気になった。

こんなの勝ち負けがあることじゃないだろうに、なぜか無性にそんな気持ちになったのだ。

「本間の兄貴。組長がお帰りになりました」

その日、朱鷺が帰宅したのは、鬼塚が帰った後だった。

「佐原さんは？　迎えに出ないと…、っ」

朝から晩まで好き放題を貫き通した佐原は、それはそれで疲れが出たのか、座布団を枕に、居間の隅で眠り込んでしまっていた。

「今戻った。本間、あれはどうした？」

「申し訳ありません。それが、今日はひどくお疲れのご様子で」

「ん？」

本間は事情を説明すると、自分では、肌がけをかけることしかできなかった佐原のもとへ、朱鷺を案内した。

「そら、立て続けにそれだけのことがあったら、大の男でも疲れるだろうな。どうりでお前らも疲れた顔してると思った。いや、健康的な疲労感に満ちてるって言うべきか。きっとお前たちに嫌われたくてやりたい放題やったんだろうが、全部裏目に出たんだろう。ってか、やった内容が可愛すぎる。こいつがやるなら、誰だって許せる範囲だ。逆に好感度が上がるだけだ」

途中、朱鷺は磨き抜かれた廊下や屋敷内を見渡し、クスクスと笑った。特に沼田と鬼塚相手の武勇伝には「傑作だ」と称賛し、すっかりやつれた本間の神経を逆撫でしながらも、寝顔にやりきった感をのぞかせる佐原を前に、言動の真意も察してみせた。

「ま、沼田が復活しちまったのは予想外だが、おかげで下手な揉め事を招かずにすんだ。あの息子じゃまだ親父に敵わない。正直、もう少し育ってから交代してほしいのが本音だろうから、総長からの礼は本物だ。それどころか、こいつにはまた借りができたと思ってるだろうな」

常に傍にいなくても、朱鷺には全部お見通しだった。

佐原のことも、鬼塚のことも、すべて理解しているからこその千里眼だ。

『組長…』

朱鷺は、横たわる佐原に両手を差し向けると、そのまま抱き上げ二階の自室へ移動した。

本間にはできなかった、遠慮をするしかなかったことを当たり前のようにやってのける。

『こんなのは、何度も見てきたことなのに』

こんな姿は今だけではなく、これまでに何度か見ていた。

当人たちは気づいてないかもしれないが、朱鷺がこんなことをするのは佐原だけだ。肌を合わせるだけの女たちにはしたことがない。

「っ！　な、放せっ。何してんだよ」

「うたた寝中の新妻を寝室に運んでやっただけだ」

「何が新妻だ」

だから、本間は早くから朱鷺の本気に気がついた。とうとう一夫一妻の相手を決めたのかと喜ぶ半面、佐原の仕事が仕事なだけに、二人の関係が関係だけに、どうなるんだと危惧もした。

「そう突っ張るなって」

「触るな!!」

「佐原」

だが、本間の危惧は以前にも増して大きくなるばかりで、一向になくならない。

『佐原さん…』

和室に似合いのローベッドに寝かしつけられたと同時に目を覚ました佐原は、本気で朱鷺を拒んでいた。朱鷺に触れられること、肌を見られることに対して激怒や嫌悪するのではなく怯えていた。

「俺に、触るな…」

無意識に刺青を隠そうとする仕草を目にすると、本間は胸が痛くなった。

おそらく朱鷺は激痛だ。きっと、怒り方を間違えた。気持ちのぶつけ方を誤った。

佐原にとって、本当にただの彫りものでしかなかった刺青を、深い傷にしてしまったのは朱鷺自身だ。愚か者の刻印にし、自身への蔑みにしてしまったのは、他の誰でもない。

「――――なら、俺は出かけてくるから、お前はここでゆっくり寝ろ」

朱鷺は、心底から「まいった」という顔をすると、佐原から離れて部屋を出た。

「誰か、表に車回せ」

「どちらへお出かけで?」

慌てて本間が追いかけるが、「後は頼む」と肩を叩き、「店に顔を出す。今夜は戻らないから、戸締まりしっかりしとけよ」とだけ言い残して、夜の街へと消えてしまった。

『店…。女か』

熱くなった肉体を冷ます方法は、いくつもない。

朱鷺なら黙っていても、それを勝手にしてくれる女は山ほどいる。

見返りを求めない女、いっとき傍にいるだけで満足してしまう女。むしろ、朱鷺が佐原に惹かれたのは、初めからはっきりとした利害を求めてきた相手だったからかもしれない。

誰もが与えるだけで求めない。それが当然だと納得した上で、朱鷺が欲しいときだけ、欲しがるものを与えてくる。

そんな相手ばかりだったから、朱鷺は欲にも目的にも正直な佐原に惹かれた。

欲しいものを欲しいと言ってくる。ときに手段も選ばない。

こんな奴に愛されたら、どれほど自分は求められるのか。対等に愛し愛され、また愉悦を分かち合えるのか。そんな期待がいつしか朱鷺に、特別な思いを芽生えさせた。

肉体だけではなく、精神からの快感が欲しい、安堵が欲しいと、佐原に恋をしていった。

『このままじゃ、ちぐはぐだ。組長も、佐原さんも、そして私も――』

朱鷺の気持ちがわかるだけに、本間はやるせなくて仕方がなかった。

佐原に惹かれる気持ちが理解できるだけに、今夜は眠れそうにない。ベッドに横たわることさえできないと、苦笑するしかなかった。

6

佐原が朱鷺のもとに来て、一週間が経とうとしていた。

「どうなってるんだ？　姐さんを連れてきて、毎晩女のところに入り浸りなんて」

「わかんないっすよ。たとえ喧嘩したんだとしても、これじゃあ姐さんが気の毒で。しょせん極道とか思われたら、立つ瀬がないっす。組長、ひどいっすよ」

佐原の言動は相変わらずだった。だが、肝心な舎弟たちの関心が朱鷺の不届きな行動にばかり向かってしまい、佐原が何をしたところで怒る者はいなかった。

「姐さん、今日は庭の掃除を徹底しますんで、どうかご指示を」

「なんなら新しく花壇でも作りますか？　どんなお花がお好みで？」

「だったら家庭菜園のが得だぞ。いざってときに食いっぱぐれることもない」

「わかりました!!　苗を買ってきます」

それどころか、これで気が紛れるならと、率先してこき使われる者も多かった。

「あ、姐さん。一勝負どうですか？　部屋の壁紙も綺麗になりましたから、ぜひご一緒に」

「ああ。わかった」

中には交代制で佐原の体力を奪おう、独り寝の夜を寂しがる前に爆睡させてしまおうと企み、私財をなげうつ覚悟で誘いをかける者もいた。

「――――ツモ。国士無双、親役満。お前ら弱すぎ。雀荘経営すんの考え直せ。店舗拡大なんてもってのほかだからな」

「っっっ」

何も事務官なんて仕事に就かずとも、プロの雀師で一生食べていけそうな佐原に遊ばれ、それでも朱鷺の不貞をカバーできるならと、舎弟たちは一致団結でご機嫌取りに奔走していた。

「本間、水割り」

しかし、そんな最中にあっても、佐原は目的だけは忘れていなかった。

「佐原さん。まだ昼ですよ」

「なら、煙草」

あえて舎弟たちの誘いに乗りながら、常に本間から何かを得ようと試みていた。

「火点けて寄こせよ。気が利かないな」

そうしてようやく得たチャンス。佐原は本間が口にした煙草を催促することに成功した。

「――――…、どうぞ」

本間は躊躇いながらも、自ら煙草を吸って火を点けると、それを佐原に渡してきた。

『よし』

あとは、どうやってこの場からこれを持ち出すか。自然に席を立って、ここから消えるかという話になるが、佐原が証拠を片手にそれを考えていると、すぐに煙草は奪われた。

「なんだよ？」

「すみません。他に健康的なものを探してきますので、待っていてください」

本間は火を点けたばかりの煙草を灰皿に揉み消すと、その場から離れて部屋を出た。

「なんなんだよ？」

本間にしてみれば、自分の口に触れたものが佐原の唇に触れることが耐えられなかった。朱鷺に後ろめたいものを感じたのだろうが、佐原にしてみれば、こんなに好都合なことはない。

「もったいな」

わざとらしく漏らすと、本間が揉み消した煙草の入った灰皿を手に取った。

「なら、あっしが残りを」

「いや、言ってみただけだよ。それよりこれ」

変に思われないよう、そのまま席を立って、今巻き上げたばかりの現金を舎弟たちに返す。

「気を遣わせて悪かった。愉しかったよ、ありがとう。本間にも謝ってくるわ。ちょっと、いろいろ当たりすぎたから」

「姐さん？」

微苦笑を浮かべた佐原を疑う者は、ここにはいない。佐原はその事実に胸が痛んだが、チャンスはチャンス。灰皿を片づけるふりをしながら部屋を出た。

そして、ここへ来てから寝泊まりしている朱鷺の部屋、本間の部屋同様、居間と寝室が襖で仕切られた一室へ戻ると、日々の生活の中で少しずつ用意していたビニール袋や封筒を出し、本間が口にした吸い殻を梱包した。後はタイミングを計って封書を飯塚にでも送るか、もしくはこの家から出ていき、直接陶山のもとに持ち込むかのいずれかだ。だが、DNA鑑定の結果、もし本間が陶山寿勝だった場合、佐原はここにいたほうが次の捜査がしやすい。それを考えると、迂闊な行動には出れらない。

『さて、ここからどうするかだな』

正直佐原は、このまま次へのきっかけが欲しいと思っていた。

自然に昔の話が聞ける、本間に身の上話をさせられる機会を手に入れたいと。

そうすれば、たとえ事実をごまかされても、顔色を見ることはできる。本間が本当のことを言っているかどうかぐらいは判断できると考えていたことから、佐原は用のなくなった灰皿を持つと台所へ向かった。しっかり火が消えているのを確かめてから吸い殻を処分し、灰皿を洗った後には本間を訪ねようと思った。

「佐原さん。いいものがありました。これ、どうですか？」

すると、本間のほうからも佐原を捜して歩み寄ってきた。健康的な何か、佐原にとっての暇潰し兼、気分転換。できることなら朱鷺の名誉回復まで見込んで本間が用意してきたのは、一冊のアルバムだった。

「どうです？　昔から男前でしょう、組長」

佐原は、こんなに都合がよくていいのかと、内心本間を疑いながらも縁側に腰をかけた。

必死で家庭菜園用の花壇を作っている舎弟たちを視界に置きながら、とりあえずは本間のもくろみに乗ってみた。

「そうだな。昔からタラシだったみたいだな。なんだよ、これ」

しかし、幼稚園の制服を着た頃から、朱鷺は同級生たちをはべらせていた。周りには男も多いが、色気に目覚めた女子が多い。「正宗・バレンタインのモテ歴史」と綴られたコーナーなど、呆れるばかりで、佐原は二十余年に渡って貰い続けた山のようなチョコレート写真を見ると、失笑した。特にここ数年のものまであったことから、笑い飛ばすこともできなかったのだ。

「あ、すみません」

「別に、謝らなくてもいいって。気にしないよ。そもそも出合い頭《がしら》から、俺の上司を口説いていた男だし。人間の朱鷺には、節操なんてあると思ってないから」

藪蛇《やぶへび》だった。本間は慌ててアルバムのページを替えた。なるべく朱鷺が一人か、男同士で写っているカッコイイものを探して、佐原に勧め直した。

「そんな、今は佐原さんだけですよ。いえ、ずいぶん前から組長は一夫一妻、佐原さんだけです。たとえどこで何をしていても、お気持ちは佐原さんだけです」

「だから、下半身が別でも納得しとけって？」

「っ…、すみません！　それはその…。すみません」

しょせんは無駄な抵抗だった。

「ふっ。別に、どうでもいいよ。そもそも奴がどこで何してたって、俺には関係ないし。もともと利害関係なんだから、お前が気を遣う必要はない」

「――――そんな。やっぱり、あの夜のことが許せないんですか？」

本間は肩を落とす。しかし、佐原にとって本題はこれからだった。せっかく彼の過去に触れられるチャンスを貰ったのだ、使わない手はない。

「許すとか、許さないとか言っても始まらないだろう。結果的にはこんなところに連れてこられて、おかしな扱いされてんだから。普通に腹立つだろう？　それに、だったらとことん強引を貫けばいいのに、あいつは俺から逃げ回ってる。結局、こんな傷は見たくない。こんな傷を見ながら絡むぐらいなら、綺麗な女のがいいってことだろう」

だが、それには自分も腹を割る必要がある。佐原は今一歩先の真相に触れるたびに、自分も本当のことを口にした。ここへ来てからの気持ちを、本間にぶつけた。

「っ、佐原さん」

刺青の話に触れると、本間が落ち込むのはわかっていた。

「それよりさ。お前って、ずっとここで育ったの？　もしかして親の代から朱鷺組に仕えてるとかってパターン？　そうでなければ、こんなアルバム持ってるはずないし。いっそお前が嫁になってやったら、全部丸く収まるんじゃないのか？　幼馴染み同士でま〜るく」

だから、あえて落とした上で、持ち上げた。佐原は本間をからかいながらも、生い立ちを聞き出そうとした。

「冗談言わないでください。どんなに惚れてても、意味が違います。恐ろしいこと言わないでくださいよ、夢に見そうです」

「なんだ。いい案だと思ったのに」

佐原の顔色だけを見ている本間は、少しホッとしたのか、アルバムを手に笑ってみせる。

「こいつは、私を拾って育ててくれた親父さんの形見ですよ」

「拾って育ててくれた？　何、お前も捨て子だったのかよ？」

が、ここで本間イコール陶山寿勝の可能性が、佐原の中で半減した。

本間が幼い頃から朱鷺組で育てられたというなら、ただの他人の空似だ。少なくとも陶山寿勝は、幼い頃に両親を失くしたために、陶山自身が引き取って育てている。

「お前も？　じゃ、佐原さんも？」

「ああ。生まれてすぐに、犬猫みたいに捨てられてたらしい。物ごころついたときには、施設を転々としてたから、よくわかんないけどな」

しかし、極道の世界では、拾うだの育てるだのという言葉は、大人になってからでもよく使う。佐原は自分の生い立ちに触れることで、本間からもっと幼い頃の事情を聞き出そうとした。

「勉強だけはできたから、学校には行かせてもらったし。見た目も悪くないから、可愛がってもらったけど。どうしてか他と可愛がり方が違ってさ。何度も脱走して、そのたび捕まって他の施設にやられて。また可愛がられて、同じことの繰り返し」

こんな話をするのもなんだとは思ったが、本間に疑いを持たれないためには、正直に明かすことが一番だ。

「さすがに疲れて一度は死にたいって思ったけど、たまたま通りすがった母娘に声をかけられて、気が変わった。声をかけてくれた二人が、とにかくびっくりするぐらい世間知らずで、人がよくて。世の中にこんな人間いるんだって思うぐらい優しい人たちだったから、気が変わった」

と同時に、佐原は一つの賭けに出た。

「生まれて初めて、俺に家族になろうって言ってくれた人たちだった。男手があったら自分たちも心強いし、特に娘のほうに持病があったから、母親としては、自分の留守に一人で置いておくのがすごく心配なんだって。俺が一緒に暮らしてくれたら、いろんな意味で安心だし。そんなひどい施設に戻す気にもなれないから、このままうちの子になりなよって。生活はギリギリだけど、家のこと手伝ってもらえたら自分がもっと働けるから、三人で協力すれば食べていくぐらいどうにかなるよって。ものすごく大変なことを、軽く笑って言っちゃうような人だったから、俺は生まれて初めて、生きていてよかったって思った。生まれてきてよかったんだって喜べた」

佐原が追い続けてきた事件の被害者であり、加害者。その母娘の話を、さりげなく出すことで、本間の変化を見ようとした。

「けど、その人たちは、養子縁組する前に不幸な事件に巻き込まれて亡くなった。施設とも話をつけてくれて、準備を調《ととの》えて、さあこれからってときに――この世から消えた」

何か事件にかかわったことのある人間と、そうでない人間では、多少なりにも反応が変わる。世間で起こっている事件を他人事に見るかそうでないかは、結局自身の経験だ。

「俺は、俺からあの人たちを奪った事件が憎かった。犯人が憎かった。絶対に逃げ得なんて許せなかったから、初めは警察官になろうと思った。でも、結局犯人に求刑できるのは検察官のほうだから、法曹界を目指した。ま、努力が足りなくて、事務官止まりだけどさ」

「佐原さんは、未だにその犯人を追ってるんですか？ もしかして、その手がかりを欲しいがために、組長と関係を？」

ただ、本間にとって事件は、大なり小なり日常茶飯事といっても過言ではない。

ヤクザが殺人事件でいちいち顔色を変えていたら、高みは望めないだろう。

「さあ、な。けど、生まれながらの極道でもどうかと思うのに、捨てられた先が極道の家の前っていうのもなんだよな？ 赤ん坊には選択権ないんだから、せめてもう少し気の利くところに捨ててほしいよな。ま、拾って育ててくれただけ、ありがたいっちゃありがたい話だけどさ」

佐原は、本間が自分に同情したことは見て取れたが、それ以上のことはわからなかった。せめて拾われた時期だけでもはっきりさせるか、そこに最後の望みを託した。

「――――いえ、私が拾われたのは、デカくなってからですよ。たぶん、高校生ぐらいのときです。実は私、昔の記憶がないもんで」

しかし、ここで佐原は予想していなかったことを打ち明けられた。

「記憶が…、ない⁉」

「はい。とはいっても、ここに来てかれこれ十五年になりますから、それ以前の記憶なんかあったとしても、大して役に立たないでしょうけどね」

「え？　言ってる意味が、よくわかんないんだけど」

さらりと出てきた十五年前という言葉に、佐原は動揺するあまり、本気で困惑してしまった。

「ようは、十五年前に海難事故かなんかで海に放り出されたみたいで、浜辺に打ち上げられていたところを助けてくれたのが、たまたま釣りに来ていたここの若頭。今は亡き、本間の親父さんなんですよ。ただ、命だけは助かったものの、私にはまったく記憶がなくて。名前も身元もわからなかったんで、結局親父さんがそのまま面倒見てくれて、今に至った感じです」

今も、そして陶山に会ったときも、こういう理由があるなら、本間の顔色が変わらなかったのもうなずける。すでに現時点で、ＤＮＡ鑑定が必要なのかと思うほど、佐原の中では本間が陶山寿勝だ。

「そっか…。それは大変だったな。悪いこと聞いたな」

――――とはいえ、佐原は本間の身元を確信すると同時に、事件の真相からは余計に遠ざかってしまったことに、ショックが隠せなかった。

「いえ、別に。佐原さんに比べたら、全然。それに、うちの組では誰でも知ってることですし、私もこのことは隠してないです。かえって、話すきっかけができてよかったです。佐原さんには、全部知っていてほしいですから。うちの組のことは」

本間が事件にかかわっていたのか、いないのか。多少でも知っていることはあったのか、なかったのか。それらはすべて本間が封印してしまった記憶の中にある。

場合によっては完全に消滅していて二度と思い出すことがない、そういう域にある。

「ところで佐原さんの話って、組長はご存じなんですか？」

「いや。会ったらセックスしかしてこなかったのに、ここまで密な話が出るわけないだろう」

「なら、私は聞かなかったことにしますんで、組長が帰ってきたら話してあげてください。組長は、知りたがってます。佐原さんのこと。きっと、こんな大事な話を私が先に知ったってわかったら、暴れるより凹みます。だから…」

こうなると、佐原は本間が記憶を失くしていると知ったときの反応で、陶山の事件への関与を見極めるか。もしくは、とことん記憶のことは触れずに追及する、かまをかけながら様子を窺うしかないなと策を巡らせた。

「約束はできないけど、覚えとくよ。ま、女のところに入り浸りじゃ機会はないと思うけど」

「…佐原さん」

だが、それだけではあまりに心もとない。やはり、もう少し陶山本人に当時のことを切り込める材料が欲しい。

『一番いいのは、本間の記憶が戻ることだ。戻った瞬間に、俺が立ち会っていることだ。ベタなやり方だけど、試してみるか。駄目もとは承知の上だ。これで記憶のかけらだけでも手に入ったらむしろ奇跡、そう思えば無駄じゃない』

佐原は、既成事実だけでも作っておくかと考えた。

陶山には、すでにＤＮＡ鑑定が可能なものが採取できている。ただ、それとは別に本間が陶山寿勝である可能性がかなり高いと思われる事実が明らかになってきたので、もう少しお時間をくださいと、途中経過のメールを入れることで相手の出方も見ようと図った。

『――――って、相変わらずだな飯塚は。連絡はしばらく取らないって言ったのに、毎日メールを寄こしてる。俺のサーバーを潰す気か？　なんなんだ、この好きとか愛してるとかのデコメは。祖父の依頼なんかどうでもいいから、早く俺のところに帰ってこいって…。俺は死んでもお前のところになんか帰らないよ！　ふざけるな』

ただ、携帯電話の電源を入れた途端に届いたラブメールの山に、佐原は張り詰めていたものが一気に解けた。ある意味彼は彼でいい存在なのかもしれないが、なんにしても間が悪い。

佐原は、陶山に送ったメールの最後に、あえて飯塚の好意が捜査の邪魔だとチクッた。

彼に何か飛び火してはいけないので、とは取り繕《つくろ》ったが、こいつをどうにかしてくれと頼むという意味で、貰ったメールの一部を転送した。

＊＊＊

佐原が行動に出たのは、翌日のことだった。

「本間。気分転換がしたいんだけど、車貸してもらえるか？」

「構いませんけど、運転は私がしますよ。それでもいいですか？」

「しょうがないから、我慢するよ」

こう言えば本間が同伴してくるのはわかっていた。佐原はドライブがてら本間を彼の生まれ故郷に、自殺を図ったとされる真鶴《まなづる》に連れていくことで、何かしら進展しないかと考えていた。

もちろん、これで記憶が戻るとは思っていない。ただ、何もしないよりはましだし、陶山に対しても既成事実が作れる。本間と事件当時の場所へ行ってきたことを匂わせられることもあり、佐原は思いきって本間を連れ出すことにしたのだ。

自分にとってもつらい思い出しかない土地、故郷へ――。

「あいつら、どこへ行くんだ？」

「あ、組長。お戻りで」

「どうやら姐さんの気分転換に、ドライブに行くみたいですよ。けど、組長がお連れしたほうが喜ばれると思うので、俺…言ってきましょうか？」

ただ、それは別の意味でも既成事実を作る行為になっていた。

「いや、俺はすぐに出なきゃならない。本間に任せておけば大丈夫だろう」

「そうすっか？」

朱鷺の存在をおろそかにしていた佐原は気づいていなかったが、本間と二人きりで遠出のドライブというのは、朱鷺にとっては決して笑い事ではなかった。

『――――……大丈夫、だよな？』

なにせ、本間が朱鷺を裏切ることはないとは思っても、佐原の心変わりまでは誰も保証してくれない。そうでなくてもこの一週間、朱鷺はまともに佐原と接してない。自分の素行の悪さも手伝って、よもや、まさかという疑心が生まれて、不安になってきたのだ。

「組長、これから八島組長んとこでしたよね」

「いや、あいつらの後を尾《つ》けろ。やっぱり、どこに行くのか気になる」

「え？」

こんな朱鷺は見たことがなくて、側近の若い衆二人も驚いていた。

「車乗り換えるぞ。こんなゴツイので尾けたら、すぐバレるからな」

「尾行ですか？」

「何も聞くな。お前らはついていてくればいいだけだ」

「は、はい」

逆らう術などあるわけないが、代わりにそそくさと車を乗り換える朱鷺の姿に、これまでにはなかった感動を覚えた。

「そんなに好きなら、ごめんって謝ればいいのに」

なんだか妙に可愛いかった。

「そうっすよね。どこの組長も、浮気がバレたら姐さんに土下座だって聞きますもんね。別に、恥ずかしいことじゃないっすよね」

「少なくとも、こんなところで尾行するよりはな」

佐原に対して不器用にしかふるまえない朱鷺を見ると、舎弟たちは逆にホッとした。

「組長。ずいぶん走ってきましたけど、海を見ながら車を流してると、デートみたいですね」

「うるせぇ」

こんなに朱鷺が気にしてる、佐原のことばかりを追いかけている。こんな姿を見たら、知ったら、きっと佐原も朱鷺の不貞は許してくれるだろう。そもそも何が原因でそんなことになったのかはわからないが、なんにしても朱鷺が謝り、佐原が許せば、今夜から二人はラブラブだ。仲直りさえしてくれれば、真夏の夜なのに屋敷全体が寒いという怪奇現象もなくなるだろうと、舎弟は舎弟で勝手な妄想をくり広げ、二人の縒《よ》りを戻そうともくろみ始めたのだ。

「あ、姐さんたちサービスエリア入って、アイスクリーム食べてますよ。いいな。俺らもたまには童心に返って食いましょうよ」

「殺すぞ、テメェ」

もっとも、何か言うたびに反応する朱鷺がおかしくて、ついついからかってしまうのもあったが、これだけ見ても朱鷺が佐原にベタ惚れなのはよくわかった。佐原が解放感からか、本間に笑いかけるのを見るたびに、ショックを受けて凹んでいるのも、よくわかったので。

「あれ？　あの品川《しながわ》ナンバー、さっきも見たような気がするな」

だが、そんな二台の車が、真鶴岬に近づいたときだった。

「ん？」

「いえ、二台後ろを走ってる、黒のスカイラインのレンタカーナンバーなんですけど、高速乗った頃からずっと一緒だった気がして。サービスエリアでも見かけたんですけど。あ、曲がった。偶然だったみたいです」

車を運転していた舎弟が、気になることをぼやいた。

「って、組長！」

「どした？」

「本間の兄貴の車、変っすよ。ここ、加速するところじゃないでしょう。急にスピードが上がりました」

同乗していたもう一人の舎弟が、声を荒らげた。

「まさか、さっきのスカイラインか……⁉」

「わかりません。もしかしたら、今年流行《はや》りのリコール車だったのかも」

「点検出してねぇのかよ‼　運転代われ」

「ええ⁉」

朱鷺は、ひどい胸騒ぎを覚えると、後部席から身を乗り出して、無理やり運転を代わらせた。

「完全に弄られてる。このままだといずれ海に落ちるか、斜面にぶつかる。だったら斜面のほうがいいだろう？」

ハンドルを取って前の車を確認したときには、すでに一つの決断を下す。

「く、組長っ‼」

「いいからお前らは、一一九番しとけ‼　あと一分もしないで接触する」

「はっ、はいっ」

「じゃ、俺は組に」

「俺が行くまで持ち堪えろよ、本間‼」

一瞬も迷うわけにはいかない。朱鷺はアクセルを踏み込むと、まずは暴走車の側面、海側に自分の車をつけて、窓を開けると大声を上げた。

「本間‼　右に寄れ」

「利きません‼　ブレーキもハンドルも利かないんです」

それに気づいた本間も、声を大にした。二台の車は国産車、共に右ハンドルだった。

「なら、身体を固定しろ。こっちで止める」

朱鷺が何をしようとしているのかは、本間はすぐわかった。

「無茶はやめろ。お前が危ないだろうっ」

「佐原さん!! 今は黙って」

今日ばかりは左ハンドルじゃなくて助かった。それは本間も朱鷺も思うところだ。

「上手く止まってくれよ」

朱鷺は、左座席にいた佐原を本間が庇《かば》うように覆い被さったのを確認すると、自分の車を本間の車に押しつけ、斜面側へと追いやった。

車体が斜面に擦れて悲鳴を上げる。しかし、ブレーキの利かない車を止めるには、横から斜面に押しつけ、力で止めるしか残っていない。

『――――っっっ!!』

朱鷺は、血管が浮き上がるほどハンドルを強く握ると、反動で自分のほうが海側へ突き飛ばされないよう、必死に車を操作し続けた。

「止まれっ!」

電話連絡をし終えた舎弟たちから、思わず声が上がる。

「止まれっ!!」

誰もが祈るような気持ちで一心に願うが、曲がりくねった斜面のために車はスリップ、その反動で朱鷺の車のほうが海沿いに突き飛ばされる。

「っっっ」

車の後部がスピンした衝撃で、本間のほうはどうにか斜面にぶつかり止まったが、代わりに弾かれた朱鷺の車は、後部からガードレールに突っ込んだ。

「止まれっ」

ハンドルを切る手とブレーキを踏む足に、朱鷺は全身全霊をかける。

「――っ、止まったか」

すると、車は後部の三割をガードレールから突き出したところで、どうにか停車した。

「まずい。向こうの車、オイルが漏れてます」

「急いで二人を車から出せ。爆発するぞ」

「はいっ!!」

しかし、ホッとしたのもつかの間、朱鷺たちは車を降りると佐原たちのもとへ走った。

「先にこいつを頼む。お前は手伝え、本間を引きずり出す」

「はいっ」

オイルが漏れ、もくもくと煙が上がり始めた車から、先に引きずり出されたのは助手席に座っていた佐原。

「本間っ‼　目を覚ませ、本間‼」

「兄貴‼　気づいてください、兄貴‼」

本間は上半身だけは助手席にあったが、実際運転席から無理な姿勢で佐原を庇っていたために、歪んだ車体に下半身を取られて、すんなりとは抜け出せない状態になっている。

「起きろ本間！　俺に摑まれ。自分からも出てこい、早く‼」

「…っ、っ…っ？」

その上意識も朦朧《もうろう》としており、助手席から腕を摑んで、どうにか引っ張り出そうとしている朱鷺の姿さえよくわかっていないほどだ。

「早くしないと爆発するって言ってんだろう‼　テメェは俺まで殺す気なのか、本間‼」

「――――っ、んっ…。組…ちょ？」

それでも朱鷺の悲鳴に意識を取り戻すと、本間は自分からも這い出す努力をした。

「よし、引っ張るぞ」

朱鷺の腕に摑まり、下肢に力を入れて、二人がかりで車の外へ出されると、その後は少しでも遠くに離れるために必死で歩いた。

「伏せろ」

背後でドンと火を噴いた車の爆風に背を押されるも、どうにか九死に一生を得た。

「はぁっ。はぁっ…っ」

「組長っ！　兄貴！」

「俺は掠り傷だ。本間を見てやれ。佐原は？」

朱鷺は、咄嗟《とっさ》に伏せた地べたから身体を起こし、先に逃がした佐原の状態を確認する。

「大怪我はないと思います。兄貴に庇われていましたし、打ち身くらいかと…」

「そうか…。にしても、どこの組の奴の仕業だ。さっきの品川ナンバー、すぐに調べさせろ」

「はい」

ホッとしながらも指示を出し、横たわる佐原の隣に腰を落として、乱れた髪を撫でる。

「俺を狙うならまだしも…、人の弱みに付け込みやがって」

「っんっ…っ」

長い睫毛が震えた。朱鷺は力の抜けた佐原の手を取ると、しっかりと握り締めた。

「大丈夫か。すぐに医者に診せてやるから、ジッとしてろ」

瞼が開くと、佐原の頬には大粒の涙がポロポロと零れた。

「すまない…。俺のせいで」

突然の驚き、そして恐怖。佐原は立て続いたそれらから一気に解放されて、朱鷺の手を握り返すと、黙って涙ばかり零し続けた。

『朱鷺…っ』

そんな佐原を、震える華奢な身体を、朱鷺は引き起こすと力いっぱい抱き締めた。

「佐原――――」

きつく、熱く、激情が抑えられないまま、朱鷺は佐原の素直な心をも抱き締め続けた。

『朱鷺』


「まだわからねぇのか!! さっきのスカイライン。今のところ、他に手がかりがねぇんだから、まずはあれから洗い出せ。どこの組のもんの仕業か、何が何でも突き止めろ」

かけつけた救急隊員によって全員が病院に運ばれると、軽傷ですんだ朱鷺は、その場で行動を起こしていた。警察の手が入るのは時間の問題だ。朱鷺はその前に、事務所と本宅に連絡をし、犯人の絞り出しに当たらせていた。

「はい」

行き着く先は報復あるのみ――――。

朱鷺は、自分の代わりに佐原か本間が狙われたと決めつけ、犯人を追っていた。

表立った抗争はなくても、常に敵対している組織は存在している。敵は朱鷺が邪魔だと思えば、前触れもなく消しに来る。抗争の引き金はどこで引かれるかわからない。生まれたときからそんな立場に置かれていれば、嫌でもこんな発想になる。それしか考えられなくなるのだろう。

『狙われた…。朱鷺じゃなく、俺が？ 俺が朱鷺のものだから？ 朱鷺にとって弱みだから？

いや、だったら殺さず誘拐だろう？　俺を殺ったところで、大した得があるとは思えない。せいぜい朱鷺が荒れ狂って終わりだ。俺なら、生かして利用する。弱みを握るっていうのは、生かして捕らえて初めて成立することだ』

しかし、同じく軽傷ですんだ佐原は、落ち着きを取り戻すと、かなり客観的にこの事件を見直していた。

『なら、狙われたのは本間か？　俺か？　いや、俺には命まで狙われるような事件を担当した覚えがない。以前ならまだしも、飯塚と組んでから請け負ってきた事件は温《ぬる》いものばかりだ』

常に犯人の利益と動機を基本に事件を追う癖がついている佐原は、朱鷺とはまったく違う観点から犯人像を追ったのだ。

『そうなると、やっぱり本間か？　けど、本間を狙うぐらいなら、朱鷺を狙うほうが手っ取り早いよな？　同じリスクを背負うなら、大物を狙ったほうが――』

だか、その結果、佐原の頭によぎったのは一人の人物だった。

『まさか、陶山…？』

昨日連絡を入れたばかりの男、「十中八九、本間が孫かもしれない」と知った大物議員だ。

『でも、もしそうだとしたら、つじつまは合う。狙われたのはきっと、本間だけじゃない。事実確認を依頼され、そして事実を知った俺も含めてって思えば、納得もいく』

佐原は、やはり過去に起こした寿勝の自殺原因には、陶山にとって不都合な事件か、もしくは陶山自身が直接絡んでいるような気がしてならなかった。

『しかも、今俺が死んだところで名誉の殉職だ。上に話が通ってるだけに、潜入捜査の最中に抗争に巻き込まれて死んだ、不運な事務官で片づけられる。こればっかりは、春日でも疑いようがない。むしろ、あいつは誰より頭が切れる。上から捜査の話を耳にすれば、逆に俺が個人的な問題を仕事に利用した。朱鷺とのことを利用してまで組に入り込んで、仕事をまっとうしたと解釈して沈黙するだろう。せめて俺の、事務官としての名誉を守るために――――』

孫が可愛い、万が一にも生きているなら議員を辞めても構わないと言った裏で、もし本当に生きていたなら抹殺したい、暴かれては困る何かと共に生きていた孫の口を塞ぎたいというもくろみを、暴走した事故車から感じずにはいられなかったのだ。

『でも、これで俺たちが無事だとわかったら、奴はどうするんだ？　次は何を仕掛けてくるんだ？　ヤクザ同士の抗争に見せかけて、もっと過激な手段に出てくるのか？　たとえ被害を拡大しても、次こそ確実に仕留めに来るのか？』

陶山の穏やかな笑顔を思い起こして、佐原は武者震いがした。

『だとしたら、この先は時間の問題か？　こっちが殺らなきゃ殺られる、躊躇う暇はない⁉』

自分の勘だけを頼りに動くことを決める。

安静のために与えられていたベッドから起きて、病室を出る。

「姐さん、どこへ行くんですか？」

廊下には待機していた舎弟がいた。

「自分の家に帰らせてもらう。もう、朱鷺の家や組には戻らない」

「っ⁉」

「ちょっと出かけただけで命を狙われるなんて、冗談じゃない。こんな思いをしながら、一生過ごすなんてまっぴらだ。付き合ってられるか」

佐原は、「ごめん」と言えない代わりに、彼らを守ることで感謝を示そうと思った。短い間だったが、心から慕ってもらったお礼にしようと決めていた。

「姐さん」

このままでは、今日よりもっとひどいことに巻き込まれて、大事に発展しかねない。ヤクザという世間体の悪さを利用され、起こさなくてもいい抗争まで起こされかねない。それだけは避けたい。

「佐原っ⁉」

佐原は、十五年もの間追い続けた事件の真相を解明するより、今は彼らを巻き込まないことを優先したかった。朱鷺が守ってきただろう組織や人間を、自分なりに守りたかったのだ。

「悪いけど、考えるまでもなく、答えはノーだな。俺が甘かった。お前たちの世界を舐めてかかってたんだって、ようやくわかったよ」

そのためには、ここで朱鷺とも絶縁だと腹をくくった。

「入れた墨は戒《いまし》めにする。二度と、お前らヤクザにはかかわらない。しょせんは命あってのモノダネだ。俺は長生きしたいクチだからな。じゃ」

先ほどは、湧き起った安堵に嘘がつけず、泣き縋ってしまった。保護され、抱かれてホッとした姿を見せてしまった後なら、こんな理由でもまかり通る。きっと朱鷺も信じてくれるだろうと確信し、佐原は立ち尽くす朱鷺の横を通りすぎて、この場から立ち去った。

『これでいい。俺がここから離れれば、そして次に奴が動く前にけりをつければ、あいつらに危害が及ぶことはない。奴に、俺たちが無事だと知られる前に、こっちから仕掛けるしかない』

ここから先はじかに陶山に切り込もう、一秒でも早く決着をつけようと決め、佐原は本間が目覚めるのを待たずに、一人で病院から立ち去った。

「組長!!　これは、いったいどういうことっすか?」

しかし、突然決別を突きつけられ、その場に残された舎弟の一人は納得しなかった。

「どうもこうもねぇだろう。いきなりあんな目に遭ったら誰だってビビる。帰らせてやれ」

「そんな…。他の奴ならいざ知らず、姐さんに限ってありえないっすよ。いつもの姐さんだったら、草の根分けても犯人捕まえろって。いや、俺がとっ捕まえるって息巻くでしょう?」

「ときと場合によるだろう!　あれでも奴は一般人だ。なんだかんだいって、お役所育ちの事務官だ。俺たちとは違う」

腕の中で泣かれた朱鷺には、佐原の言葉も信じられた。佐原の気性を知るだけに、さすがに今回は限界か、無理かと納得してしまい、逆にこれから始まるかもしれない抗争に巻き込むぐらいなら――そんな気持ちも手伝って、ここで佐原が引いてくれたことに安堵したほどだ。

「だから、おかしいって言ってるんすよ‼　姐さんは確かに一般人で公人かもしれませんが、それ以上に常識外れな人っすよ。馬鹿な俺たちより何十倍も分別もあるだろうに、沼田の親分や鬼塚総長相手に平気で啖呵切るし。突然連れてこられた極道の本宅で、五十人からいるならず者相手に傍若無人の限りを尽くすような人の、いったいどこにそんな普通っぽい感性があるっていうんすか‼」

だが、この一週間、傍で見てきた舎弟には朱鷺のような先入観がなかった。佐原には失礼な話だが、これはこれで説得力があった。

「それに、まだ本間の兄貴が目を覚ましてないんすよ。一緒に事故った兄貴の無事も確認しないで、逃げ出すような姐さんじゃないっす。そこが一番おかしい‼　違いますか⁉」

彼らは彼らなりに、一生懸命佐原の人間性を見ていたのだ。その上で惹かれて、好きになって、一生傍にいたいと願い始めていた。

「――そっか。他はともかく、本間の無事も確認しないで逃げるなんてありえねぇか。そもそもあいつのために、本間もこんなところまで遠出してきたんだし」

朱鷺は、そう言われたらそうだと、肝心なことに目を向けた。決して軽傷ではすまなかった本間は搬送中に意識を失い、まだ目覚めていない。命に別状はないが、だから急変しないとも限らない。佐原を庇って、追突時の衝撃の大半を受けたのは本間だ。医者も外傷だけでは判断がつかない。もう少し落ち着いた段階で、精密検査をすると言っていたばかりだ。

「でも、そしたらなんで。まさか、狙われてたのは佐原のほうか⁉　事故に見せかけた奇襲、なんの装備もされてないレンタカー。よく考えたら同業者の仕業って感じじゃねぇし。俺や本間クラスを狙うなら、もっとド派手な花火を打ち上げる。でなきゃパフォーマンスにもならねぇ」

朱鷺は、ならばどうして佐原が消えたのか、その理由を模索した。

「ったく、あいつはどんなヤバいヤマを抱えてたんだ？　もしかして、そもそも俺に言われるまうちにいたのも、これ幸いと身を隠してたのか？　俺とのことを真剣に考えるためじゃなくて、ただ仕事上都合がいいから――……」

こんなときに相手のえげつない性格や価値観を理解しているのはつらい。朱鷺は、自分で立てた仮説があまりに当たっていそうで、その場にしゃがみ込んだ。

「組長。だから、ここで落ち込んでる場合じゃないでしょ。ここで凹むぐらいなら、なんで毎晩浮気なんか‼　そうか。姐さんがこれ幸いと出ていったのは、結局そこっすね。組長の浮気に我慢できなくなって、事故を言い訳に出ていった！　なんだかんだいって本間の兄貴もそこだけは組長を野放しだったから、今になって捨てられたんすよ。それなら俺も納得できます。結局、全部嫌になったのは、組長のせい‼　組長がとっとと謝らないから、こんなことになったんすよ」

ここぞとばかりに容赦なく責めてくる舎弟に追い打ちをかけられながら、朱鷺はこんなことなら正直に言えばよかったと悔いた。この一週間、夜になると鬼塚のところでくだを巻いていた、面子があるから女のところに行ったふりをしていたが、自分はやましいことは一切してない。浮気なんて言語道断と、全部バラしておけばよかったと――――。

「ほら、指示ください。早く姐さん追いかけろって。何がなんでも連れ戻せって!!　こんなときのために、姐さんの衣類には全部発信機を仕込んでます。携帯番号も調べてますから、電源さえ入れてくれれば、GPS機能もフルに活用できます」

だが、後悔先に立たずは、いつの世も同じことで…、

「なら、行け。とにかく行け。土下座でもなんでもするから、佐原を捜して、俺のところ連れてこい」

朱鷺は言い訳する前に、気の利きすぎる舎弟に指示を出した。

「はい！」

『――――…、まいった』

急いで舎弟に後を追わせると、これなら敵対しているヤクザとの抗争のほうが、まだ楽だと本気で肩を落とした。

「組長！　兄貴の意識が戻りました」

だが、そんな朱鷺を慰めるように、もう一人の舎弟が朗報を持ってきた。

「おう、そうか」

露骨にホッとする。

「でも、変なんです。なんか様子がおかしいんです。頭抱えて、苦しそうにして、わけのわかんないことぶつぶつ言って…」

「何？」

どこまで二転三転すれば気がすむのだろう？

一瞬とはいえ朗報を信じた朱鷺に、更なる衝撃が襲いかかった。

「とにかく、来てください。なんかもう、どうしていいのか俺には」

「よし。わかった」

朱鷺が向かった先には、ベッドで錯乱する本間がいた。

「うぁぁっ、許してくれ。許してくれ…っ、頼む…っ。ぁぁぁっ」

それはいつかどこかで見た姿、初めて出会ったときの姿に似ていて、朱鷺は忘れていた現実があったことを、否応なく思い起こすことになった。

「――――本間!!」

7

病院を飛び出した佐原は、一つの仮説をもとに、十五年前の事件を見直していた。自分を本当の弟のように可愛がってくれた可憐な女子高生・紗奈江。彼女の死因は、はっきりしていた。夏の夜、突如現れた三人の男たちに攫われ、犯されたショックによって起こった心臓発作。しかも、それを無視されたことが原因だ。

もしも発作を起こしたとき、すぐに救急車を呼んでいれば、まだ助かったかもしれない。だが、男たちはそれを無視して、紗奈江を死に至らしめた。佐原は、これを過失致死だとは思わなかった。たとえ法律上どう保護されたところで、完全な殺人だと男たちを呪った。

ただ、謎が謎を呼んだのは、その後のことだ。大事な娘を亡くしたことでどんなに狂気に駆られたとしても、母親一人で男子高生三人を、たとえ酒が入っていたにしても喧嘩慣れした男たち三人を、一気に手にかけることなど可能だろうか？

しかも、捜査中の警察より前に犯人を突き止め、居場所を捜し出して三人を刺殺、自身も首を切って自殺とは、あまりにできすぎている。誰かが最初の事件を闇に葬りたくて、プロの殺し屋でも使ったと思うほうが、納得のいく事件だ。もしくは、事件に関与していた者との仲間割れ。他にもかかわった者がいると思うほうが自然で、なんの不思議もない。

なのに、この事件に他人が関与した証拠は何もなかった。わずかな状況証拠で判断するしか術がなく、警察も検察もこれが事件の真相と決め、それ以上の捜査は断念するしかなかった。

しかし、当事者以外に関与していたのが、陶山寿勝だったとしたら、どうだろうか？

殺された三人の不良にいじめられていたのは事実としても、なんらかの理由で当日犯行にかかわっていた、紗奈江の死にかかわっていたとしたら、祖父であり、育ての親でもある陶山が受ける打撃は計り知れない。

そうでなくともこの年は、年明けからさまざまな事件が勃発し、日本中が政治や官庁の対応に目を向けていた。警察庁長官狙撃事件など、これまでに類のない事件が起こっていたのもこの年だ。

しかも、陶山はこれらの背景の中で奮闘したからこそ、持ち前の手腕が認められ、活躍が評価され、一気に躍進した政治家だ。

若手議員としても異例の速さで頭角を現し、最速で大臣の椅子にも手が届くと太鼓判を捺《お》されていただけに、身内の不祥事が表沙汰になれば、議員バッジどころか政治生命を手放すことになる。その上、自ら奮闘して軌道に乗せた会社グループの株価にも大きく影響が出るだろうし、そうなれば、犠牲は陶山自身だけでは収まらない。組織にかかわるすべての者に、その家族にまで、災いが及ぶことになる。

それをするぐらいなら、孫の一人ぐらい犠牲にするのではないだろうか？

それができなかったとしても孫をいじめていた同級生、被害者の母親なら、事件ごと抹殺しにかかるのではないだろうか？

佐原が彼を疑い続けてきたのは、そんな理由もあってだ。

もちろん、一番の理由は、どんな事情であれ自分をいじめていた者たちが大事件を起こした。殺されないまでも、逮捕されて自分の前から消えるのは時間の問題だった。それもかかわらず、陶山寿勝がいじめを苦に自殺を図った。なぜこのタイミングで——というのが、佐原に疑問を抱かせ、陶山に執着させた要因だ。

『奴がすべての黒幕だという、可能性は高い』

仮説は仮説であって、事実ではない。

しかし、それを確かめなければ真相がわからない。佐原が信じ続けた仮説が当たっているのか否か、それはもう、陶山本人にしかわからないことだろうから。

「ご足労いただきまして、すみませんでした」

病院を飛び出した佐原が陶山を呼び出したのは、十五年前に事件が起こった神社の境内の裏だった。

ここで紗奈江は無残な姿で発見された。第一発見者は佐原だった。その日は夏の終わりのお祭り日、佐原にとっては初めて経験する、でき立ての家族との夏祭りになるはずだった。

〝紗奈江さん。紗奈江さん。どこ行っちゃったんだろう――――っ、紗奈江さん!!〟

まだ中学生だった佐原にとって、その目に映った現実は、ただ衝撃的だった。

心臓を抉《えぐ》られ、踏みにじられる。そんな激痛と同時に、例えようのない憎悪が身体中に渦巻き、目の前に犯人がいれば、間違いなく手にかけていた。法での制裁など考えられる余地もなく、この手で地獄を見せてやりたい、送ってやりたいと、そんな黒々とした復讐心でいっぱいだった。

「どういうことなんだね？　これは」

佐原が抱き続けてきた憎悪が、陶山には想像がつくだろうか？

突然の呼び出しにもかかわらず応じた陶山は、待ち受けていた佐原に真新しいサバイバルナイフを向けられると、ただただ愕然としていた。

なぜ佐原がこんなことをするのか、そんな疑問や動揺を隠しきれない。

「聞きたいのは俺のほうです。いったい本間は、いえ…お孫さんは、あなたのどんな弱みを握っていたんですか？　何か、余程まずいことでしょうけど…。だとしても、俺まで一緒に口封じはないでしょう？　冗談じゃない」

佐原は陶山に、「寿勝の件で話があるので、一人で来てくれ」とは伝えたが、それを陶山が真に受けるとは思っていなかった。

きっとどこかに、飼い慣らした犬を連れている。

場合によっては自分のほうが殺される。

その覚悟を以《もっ》て、最初で最後だろうチャンスに、すべてを懸けていた。

「何のことだね？　君はいったい、何を言ってるんだね」

「ごまかさないでください。素人相手じゃないんですから、知らぬ存ぜぬは通りませんよ。本当なら法廷に引っ張り出して決着をつけたいところですが、そんな手順を踏んでたらこっちが殺られますからね、俺も必死です」

たとえ、ここで陶山が事件への関与を自供したところで、佐原が逮捕状を申請できるとは思っていなかった。

「すべてを知るまでは、死んでも死にきれない。十五年前の真相を知るまでは、決して無駄死にできませんから、どうか…そのつもりで俺の質問に答えてください」

真相が明らかになった瞬間、自分はこの世にはいないかもしれない。そんな危機感と恐怖、それらと背中合わせに、佐原は護身のために陶山へ刃物を向け続けていた。

「――――佐原くん？　ちょっと待ってくれ。本当に、私にはなんのことだかさっぱり」

「来ないでください！　俺は本気です。次に勝手なことをしたら刺しますよ」

「っ…」

陶山の態度は一貫していた。

「ご自分の立場がわかったら、正直に答えてください。彼は、陶山寿勝は生きていました。自殺を図ったとされる海の中から奇跡的に救出されて、十五年間、別の人間として生き続けていました。しかし、その間彼はあなたのことはただの一度も口にしていない。たとえ極道に身を落としたとしても、あなたにはなんの害を与えることなく、黙ってひっそりと生きてきた。なのに、どうして殺そうとしたんですか？　そんなに彼が怖いんですか？　彼の中にあるだろう十五年前の記憶が、あなたにとってはそんなに脅威なんですか？」

「佐原くん…。落ち着いて聞いてほしい。本当に、私にはなんのことかわからない。私は、君から彼が孫である可能性が高いと知らせを受けて、喜んでいた。本当に、心から再会できる日を待ち望んでいた。今夜だって、てっきりあの子と会わせてくれるんだと思ったから、君が言うように一人でここまで出向いてきた。なのに、どうしたらこんなことになるんだね」

今も昔も、何も知らない、わからないを貫き通して、佐原に事実を明かすことはなかった。

「私が彼を殺そうとしたって、どういうことなんだ⁉」

「しらじらしい。そうやってこれまで世間を騙《だま》してきたんですか？　まあ、そうですよね。それができなきゃ政治家なんてやってられない。下手な俳優より演技が得意でなければ、今の地位までこれないでしょうからね」

「佐原くん‼」

せめて何か一つでも認めてくれれば、自分のほうから口にしてくれれば、佐原も彼の主張ももう少し信じられたかもしれない。

だが、佐原は何もかも知らぬ存ぜぬを貫かれたことで、逆に自分の仮説が正しいと思い始めていた。

「このままだと、話が進まないようなので率直に言わせていただきます。あなたが孫に生きていてもらってては困る理由、それって十五年前にこの場所で起こった女子高生強姦殺人事件に、陶山寿勝がかかわっていたからですよね？」

「――――っ⁉」

思い切って事件に触れると、陶山は初めて顔色を変えた。

「当時、あなたや家族は、陶山寿勝が巷《ちまた》の不良グループに目をつけられていじめられていた、それを苦に自殺したと主張しましたけど、本当はその不良グループに陶山寿勝は入っていた。もしくは、強制的に入れられていた。そしてあの夏の夜、不良グループたちと一緒になって、ここで一人の女子高生に暴行し、そのまま死に至らしめてしまった。そうじゃないんですか？」

佐原の中で、仮説が確信になっていく。

「だから、陶山寿勝はそれを苦に自殺した。自分をいじめて苦しめていた不良グループは、すでに復讐されてこの世からいなくなったのに、自分だけが生き残ってしまったことに、苦痛を覚えた。だから、自ら命を絶った。不良グループの後を追うように。いや、自分たちが死に至らしめてしまった母娘に懺悔しにいくために」

やはり陶山は事件の詳細を知っている。かかわっている。

「もしかして、彼は知ってたんじゃないですか？　自分が少女の死にかかわってしまったがために、あなたが保身に走ったことを。このことが明るみになっては困る。だから、あなたが先に手を打って、なんらかの方法で不良グループを始末させた。そしてその罪を母親に被せて自殺に見せかけたことを」

佐原は、月明かりを受けて鈍く光るサバイバルナイフと一緒に、陶山に事実を突きつけていった。

「逆上した母親が犯行に及んで自殺となれば、この事件は世間の同情一色で終わる。殺された不良グループの家族にしても、その死に不信を抱いたところで、何かを訴えることなんてできない。罪を犯した我が子が、被害者の母親に命がけの復讐をされた。どんなに時代錯誤だと思ったところで、我が子の自業自得で納得するしかない。なにせ、そこまできたら殺された不良グループの家族だって、残された自分たちの保身に走る。世間の非難から一刻も早く逃れることを選択するでしょうから、結果的には、この奇妙でおかしな事件を忘れたいと思う者たちだけが生き残るって寸法です」

同意という、自白を求め続けて迫った。

「っ…」

「ずいぶん顔色が悪くなってますよ、大臣。まるで、あの夜偶然会ったときのようですね」

陶山は、それでもしばらくは黙っていた。

「でも、今考えたら、そりゃ血相も変わりますよね。せっかく自分から死んでくれたと思った、罪深い孫が生きてたんです。しかも、私みたいな立場の人間と多少なりにもかかわっていたんです。他人の空似だと思いたかったでしょう。まさか生きていたとは、考えたくなかったでしょう。だから、あなたは私に彼の素性を調べさせた。彼が陶山寿勝なのかどうかを、まずは確認させた」

決して同意はしなかった。これが事実だと、認めることはなかった。

「そして、彼がほぼ間違いなく陶山寿勝だとわかった瞬間、あなたは行動に出た。今度は不良グループではなく、孫の陶山寿勝を消すために。そして、行きがかり上とはいえ彼の正体を知った俺を同時に消すために、刺客を送った。事故に見せかけて、殺そうとした。そうでしょう？」

「違うと言っても、信じてはくれないだろう？」

それどころか、どんなに顔色を変えても、主張は変えない。

「こっちは一緒に殺されかけたんですよ!! どこまでも保身に走るなら、せめて俺と無関係なところで奴を殺るべきでしたね。そうすれば、さすがに俺も昨日の今日ならぬ、今日の今日であなたに詰め寄ることはしなかった。刺し違える覚悟で、こうしてあなたに刃物を向けることもなかった。なぜなら、あの事件の時効は、この春の法改正でなくなった。俺は諦めない限り追い続けることができる。充分な証拠を押さえてから、あなたの逮捕令状を取ることもできたんですからね」

追い詰められた佐原を見る目も、どうしてか以前と変わっていない。

「佐原くん。どうも君は初めから私を疑ってかかっているようだが、なぜなんだ？　私がこれまで、強引なやり口で政治をしてきたからか？　手段を選ばない男だったからか？　だが、私はどんなときでも、人命だけは軽んじたことはない！　どんなに叩けば埃が出る身だとは言っても、それだけは言いきれる。私は誰もこの手にかけたことはない。命じたこともない」

それどころか、陶山はナイフを手にした佐原に、ジリジリと近づき、距離を縮めてきた。

「近づくな!!　俺は本当のことが知りたいんだ。誰が紗奈江さんと小百合さんをあんな目に遭わせたのか、俺から奪っていったのか、それが知りたい。そして、彼女たちに懺悔させたい、それだけなんだ!!」

佐原は思わず、手にしたナイフを振り回す。

「信じてくれ、佐原くん。私は君が思っているようなことはしていない。ましてや、君や寿勝に刺客など送っていない。事故のことも今知ったぐらいだ!!」

「来るなっ!!」

陶山も必死だった。必死で佐原の手を摑むと、どうにかしてナイフを奪い取ろう、佐原の手から落とそうと懸命だった。

「頼むから、もっと落ち着いてくれ。私の話も聞いてくれ。とにかく、こんな物騒なものは捨てて、一度冷静になるんだ」

「放せっ‼　っぁ‼」

揉み合ううちに、とうとう佐原の手からナイフが零れた。

陶山は素早くそれを拾うと、高々と振り上げた。

『殺られる‼』

佐原は反射的に身を倒し、振り下ろされるだろうナイフから逃れようとした。

しかし、

「うっ‼」

バスッ、バスッと、サイレンサーつきの銃から三発ほど放たれたのは、このときだった。

「――――っ…っ、っ」

銃弾は陶山の肩と腹、腕にめり込み、その大柄な身体を地面に倒した。

『どうして？　どうして、陶山が？』

佐原は我が目を疑った。咄嗟に思い浮かんだのは、朱鷺の姿だった。

「大丈夫か⁉　佐原」

だが、血相を変えて駆け寄ってきたのは、銃を手にした飯塚だった。

「っ、どうしてここへ？」

佐原の困惑が混乱になる。どんなに逮捕権を持っているとはいえ、検察官に銃の所持など認められていない。当然、どんな事情があろうが、これは銃刀法違反だ。

「祖父がお前から呼び出されたって聞いて…。なのに、なんか様子が変だったから、気になって後を尾けてきたんだ。けど、まさか――こんなことになるなんて。祖父がお前を殺そうとするなんて…。すまない…。本当にすまない」

だが、どこから、いったい誰から拳銃を手に入れてきたのかはわからないが、余程危険を感じて、飯塚が独断で入手したのは確かだろう。

「俺は、俺はもう、お前に合わせる顔がない‼」

しかも、佐原の混乱をよそに、飯塚は飯塚で陶山が佐原を襲ったことにショックを受けて、銃口を自分に向けている。

「よせ、飯塚さん‼」

「放してくれ、佐原。俺はもう、どうしていいのかわからない」

事実だけを見るなら、殺されかけた佐原を助けたのは飯塚だ。銃をどこで手に入れたという問題を別にすれば、彼は命の恩人だ。

「飯塚さんっ」

佐原は、とにかくこの場は飯塚を宥めようとして、彼から銃を奪おうとした。

揉み合ううちに、どちらかの指が撃鉄にかかって、カチャリと起こされる。

「やめろ、飯塚さんっ」

一瞬、銃口を向けられた佐原の身体が凍りついた。

まるでカメラの連写を見るように、わめく飯塚の口角がクッと上がったように思えた。

『――――え⁉』

バスッ‼　と、四発目の銃弾が放たれた。佐原は自分が撃たれたと思った。

「うぁっっっ」

だが、放たれた銃弾に肩を撃ち抜かれ、手にした銃を飛ばしながらその場に転がったのは飯塚のほうだった。

「陶山を医者へ。まだ間に合う」

「はい」

すっかり辺りが暗くなったところに現れたのは、いくつかの見知った顔。

佐原は、ますます混乱が深まる中、飯塚に銃を向けたまま下ろそうとしない朱鷺を見た。

「朱鷺⁉」

「いい加減に下手な芝居はやめたらどうだ？　飯塚。そうやって佐原も殺す気か？　全部正当防衛で片づけようってか？　そりゃ、あまりに虫がよすぎるだろう？　いくらなんでも、検察官のすることじゃねぇよな」

その顔は、怒りに震えてというよりは、なぜか呆然としていた。

こんなふうに他人を見下す朱鷺は、見たことがない。佐原は、まるで事情が呑み込めないために、ここは黙って見ているしかない。

「な、なんのことだ？」

「雉《きじ》も鳴かずば撃たれまいってことだ。お前が変な小細工さえしなければ、陶山寿勝は記憶を失くしていた。十五年前の事件のことも、そしてお前の暗躍ぶりも、綺麗さっぱり忘れて極道・本間竜司として生きていた。これはこれで幸せにな」

「っ!!」

しかし、朱鷺の説明で、佐原はようやく事情が呑み込めた。

「────けど、お前が事故を引き起こしたおかげで、本間の記憶が戻った。十五年前、お前が自らあいつにぶちまけた強姦殺人事件の真相も、そして自殺に見せかけて断崖から突き落としたことも、全部昼間の事故のおかげで思い出しちまったんだよ」

「な、なんだって⁉　じゃ、陶山は⁉」

佐原がこれまで信じていたことは何だったのか？

そして、飯塚がここに現れた真の目的は何だったのか？

「お前にしては先走ったな、佐原。犯人の読み違えだ。まあ、陶山も腹黒いっちゃ腹黒いからな、誤解されても自業自得だ。けど、お前が追い求めてた事件の真相、真犯人は、こいつのほうなんだよ。飯塚堅司検察官────唯一の生き証人、本間が言うんだから間違いない」

「っ、そんな。でも、こいつは当時海外にいた。日本にはいなかったはずだ」

「事件が起こったのは夏休みだ。一時帰省してても、不思議はないだろう？　なあ、飯塚」

事件にかかわっていたのは、すべての真相を知っていたのは、陶山ではなく飯塚だと知らされ、佐原は完全に腰が抜けてしまった。あってはならない思い違い。だが、想像もしていなかった真相の行方を知り、立ち上がることができない。

朱鷺は、愕然としたまま動けなくなっている佐原にもわかるように、その後は飯塚に向けて事実確認をしていった。

「そもそもお前は、自分の父親を婿養子に出して、陶山家から追い出した祖父が、そして手元に残した息子と、その内孫ばかり可愛がる祖父が憎かったんだ。そして、息子夫婦亡き後一人になったがために、いっそう祖父の愛情を受けることになった寿勝のことも、憎くて憎くて仕方がなかった」

飯塚は、撃たれた肩を押さえながら、朱鷺の言葉に唇を噛んでいた。

「だから、異国の空の下からワル三人を遠隔操作し、いつも寿勝に絡ませていた。だが、それがエスカレートし始めると、陶山は今後を危惧して、夏休みのうちにお前を呼びつけた。これからは寿勝のことは、お前が守れと命じてきた。まるで、付き人にでもなれと言わんばかりに、留学先の名門校から寿勝の通う三流高校に、転校しろと言ってきた」

当時のことが思い出されているのだろうか、その顔も目も苦渋で満ちている。

「それに腹を立てたお前は、とうとう寿勝を罠にはめて、陶山自身に一撃を食らわそうと企んだ。寿勝を強引に同行させて巻き込んだ、強姦未遂事件を企てたんだ。それも本当なら、自分が危機一髪っていうところで少女を助けに入り、現場に居合わせただけの寿勝の弱みを握って、陶山に恩を売る予定だった」

事の始まりは、知れば知るほど佐原には軽々しくて、稚拙《ちせつ》なものだった。

そんなことのために――――、そう思うと、怒りで腸《はらわた》が煮えくり返る。

「ただ、お前の予定は思わぬところで狂って、大事件に発展した。それは、抵抗されて勢いづいた不良共が、お前が止めに来る前に、本当に強姦してしまったんだ。しかも、そのために少女が心臓発作を起こしてしまったことから、不良共は怖くなって逃げ出した。お前が現場に着いたときには、巻き込まれて怯えていた寿勝と、乱暴されて横たわる少女だけが残されていて…。お前は驚きのあまり、現場から寿勝だけを連れて逃げ去ろうとした」

〝待って、堅司。あの子、病院に運ばないと!!〟

〝っ、寿勝〟

「一度は引き返したが、ときはすでに遅く。息を引き取った少女の傍らには、先に見つけて泣き狂う佐原がいた。だから、結局二人でその場から逃げ出した」

あのとき、佐原がどんな気持ちで遺体に泣き縋っていたか、飯塚にはわかるだろうか？

朱鷺には、想像できるだろうか？

「しかし、そんなことが起こっても、陶山の内孫可愛さは底なしだった。奴は考えた末に寿勝を連れて警察に行くと言い始めた。自分が職を追われることより、事件に巻き込まれた寿勝の気持ちを救うことを選んだ。寿勝の一生には替えられないと言ってな」

佐原は、行き場のない思いをぶつけるように、夏の青々しい匂いがする土を握り締めた。

「おかげで、陶山が証拠隠滅のために、三人を始末してくれるだろうと踏んでいたお前の予定は、ここでも狂った。仕方なくお前は、警察に行くのはもう少し考えてからのほうがいいと言葉巧みに二人を一晩足止めし、その間に自ら動いて三人を始末するしかなくなった。奴らが捕まれば、お前が暗躍していたことがすべてバレる。殺らないわけにはいかなかったんだ。たとえ被害者の母親にすべての罪をおっ被せても、自ら手を汚してもな」

爪が割れ、指の先が傷ついても、佐原は何度も土を掘り返しては、感情のままに地面へ叩きつけた。

「そうして事件に立ち会った当事者が寿勝だけになると、お前は陶山に沈黙を勧めた。その傍らで、奴らと母親を殺ったのは陶山だと寿勝に嘘をついて、寿勝を自首ではなく自殺へ追い込んだ。一緒に自分も死ぬと言って、二人で岬まで行った。地元でも〝ここから落ちたら助からない〟と言われるような断崖へな」

何度も、何度もそれを繰り返すことでしか、朱鷺があえて話してくれているだろう、真相が聞けない。

「なのに、寿勝はギリギリになって、気が変わった。どこまでも人のいいあいつは、そもそもなんの関係もないお前まで巻き込めない、死なせるわけにはいかないと思ったんだ」

もしもこれを本間自身から聞いていたら、佐原は今以上に冷静でいられる自信はなかった。

「だからこそ、こうなったら陶山を説得して、自分も一緒に自首をする。そして、知る限りのすべてを話して、罰を受けると決心したんだが、それを聞いたお前になぜか逆切れされた。そんなことをされたら、自分の苦労が水の泡だと言われて、恐ろしいまでの真相を聞かされた」

話を聞く限り、強引に巻き込まれただけの本間に、その場にほとんど拘束されただけの陶山寿勝に、罪はない。目の前で心臓発作を起こしている少女を置き去りにして逃げたのが事実だとしても、それは飯塚の判断だ。

しかも、寿勝自身は自らの意思で引き返している。少女を助けようとして、彼は彼なりにできることをしようとしていたのだから、罪には問えない。

そして、こうして聞けば陶山も大差がない。決してはなからすべてを隠蔽しようとしたわけではない。

飯塚に唆されて口をつぐんだことは確かだろうが、事件そのものには直接関わっていない。

「その後は、お前に崖から突き飛ばされて、海に落ちた。用意していた遺書そのものは本人が書いたものだから、警察もまさか他殺とは思わなかった。遺体が上がらなくても、遺留品で判断し、自殺で処理をした。いや、たとえおかしいと思ったところで、陶山からの圧力で、納得せざるを得なかったんだろう。なにせ陶山は、こうなったら自殺した孫の名誉だけは守りたいと躍起になっていた。お前もそれを勧めただろうし、結局事件は闇から闇だ」

だが、二人が互いを思いやる姿勢、庇い合う姿勢、何より、罪は罪だと認めて受け入れる姿勢が、飯塚にとっては嫉妬と憎悪の対象でしかなかったのだろう。

二人のために自分ばかりが悪事に手を染めていく、もうもとには戻れないという強迫観念も手伝い、凶暴性を増していくことでしか、精神のバランスさえ取れなくなっていたのかもしれない。

「とはいえ、その後お前の生活は一変した。寿勝を失った陶山は、残ったお前を溺愛するようになった。こうなると、お前の人生は約束されたも同然だ。いずれ陶山が築いた財産も、当選間違いなしの選挙地盤も、すべてが自分のものだ。未来はバラ色だ」

それでも、そうまでして手に入れた人生は、本当にバラ色だったのだろうか？

佐原が復讐心に身を焦がしたのと同じほど、夢も希望もない暗闇の世界に埋没していたんじゃないのだろうか？

「それなのに、忘れた頃に本間が現れた。陶山寿勝が生きていたかもしれないとなったんだから、お前の動揺が手に取るようにわかるぜ。んと、偶然って怖いよな」

佐原は、朱鷺の話にうすら笑いさえ浮かべる飯塚が、憎いほど哀れな存在に思えた。

「佐原を使って本間の素性を探らせようって、陶山に入れ知恵したのはお前か？　本間が陶山寿勝の可能性が高いとわかって、佐原共々消そうとしたのもお前か？」

誰もがエリートと称賛し、羨望の目を向ける道を歩いてきながら、その実彼はいつか訪れるかもしれない今日の日に怯え、震え続けていたのかもしれない。

孤独と闘い続けていたのかもしれない。

「ついでに、死に損なった佐原と、いい加減に自分の暗躍に気づいても不思議のない陶山を相撃ちに見せかけて、一緒に始末しちまおうと考えたのも、お前なんだよな？」

そんな世界に身を置いてきて、この先もまだ、たった一人で身を置き続けるつもりだったのだろうか？

「お前みたいな鬼畜、俺でも見たことがないぞ。いったい全部で何人殺ったら気がすむんだ。一度手を汚した人間が生活できる場所は、この世にはないぞ。あったとしても、それは冷たい檻の中だけだ。お前がこれまで何人もの犯罪者を放り込んできただろう、鉄格子の中だけだ」

同情の念は湧かない。それが罪を犯した者の宿命だ。

ただ、佐原はどこまでも飯塚が哀れで、ただ哀れでならなかった。

「ふっ。誰が、あんなところに入るもんか。みんなで寄ってたかって俺を馬鹿にしやがって」

しかし、朱鷺によってすべての真相が明かされた瞬間、飯塚は自分が落とした銃に飛びかかった。

「飯塚っ!!」

「こんなことになるなら、初めから祖父一人を殺っておけばよかったよ。そのほうが、手っ取り早い。祖父がいなくなれば、寿勝一人じゃ何もできなかった。あいつだけなら、俺が手のひらで転がせる。そうすれば、あの母娘も、不良の三人も、あんな目に遭わせずにすんだ。俺が、最初の選択を間違えたんだろうな――――、親の分まで愛されたい一心で」

朱鷺が銃口を向けて、撃鉄を起こしたときには、飯塚は手にした銃を自身の側頭部へ向けていた。

「お前の素顔を知ったときから、こうなる予感はしてたよ、佐原。お前があのときの、死んだ彼女の第一発見者だってことは覚えてた。きっと、俺だけじゃなくて寿勝も覚えてたんじゃないのか？　祭りの夜に、彼女の母親と現れた。そして先に遺体を見つけて、気が狂ったように泣き叫んでいた」

飯塚の中に生まれ、育まれてきた狂気は、もはや誰に向けられることなく、自分にのみ向けられていた。

「憎悪に満ちているのに、綺麗だった。俺は寿勝を連れて逃げた後も、お前のことが忘れられなかった。けど、どうしてかお前の身元だけは、探り出せなかった。母親と一緒にいたから家族か、親戚か、それとも彼女の恋人だったのか。いろいろ当たったが、施設を転々として育っていたお前のことだけは、どうしても探し出すことができなかった。素性が掴めなかった」

そうして、これだけは飯塚にしかわからない。彼にしか明かすことのできない真相を、佐原に向かって口にする。

「けど、十五年も経ってから、俺はお前と再会した。偶然、お前の素顔を見た瞬間、俺は直感した。お前がここにいるのは、きっと捜し続けてるんだろうって。あのときの犯人を、事件の真相を。そうでなければ、お前ほどの能力がある奴が、検察官ではなく事務官をしているなんておかしい。けど、そのほうが何かと動きやすい、情報も集めやすいと考えれば、納得がいった」

飯塚と佐原が仕事上のパートナーになって、すでに一年以上が経っていた。

飯塚が佐原の素顔に気づいたのは、それに比べたらまだまだ最近のことだ。

「俺は、自分の勘の裏づけを取るために、お前のことを探った。心のどこかで、勘が外れていることを願った。けど、お前が朱鷺と繋がった瞬間、俺はお前が捨て身なんだと悟った。自分も、自分の人生も、何もかも捨てて俺を追っている。きっと、一生俺を追い続けるんだろうって思って、そんなことはやめさせたくて、お前を口説き始めた」

だが、彼にとって気づいてしまったときから今日までは、とても長かっただろう。

何事もなく流れた十五年の月日より、きっと長く、果てしなく長く、狂気のみに蝕《むしば》まれていく日々だっただろう。

「俺が幸せにしてやるから、諦めろ。もう、いつまでも過去の事件に捕らわれて、一生を棒に振るなって――――そんな気持ちだった」

それでも飯塚の目には、正気が残っていた。

佐原がこれまで見てきた多くの犯罪者にありがちな、狂気に捕らわれ、最後は自身を失くしてしまうような、そんな目にはなっていなかった。

「けど、本当はお前を救うことで、自分も救われたかったのかもな。罪を犯し、重ね、逃げ続けてきたことから。犯罪者に逃げ場なんてない。それは自分が一番わかっていたことだから」

だから、飯塚が手にした銃の引き金を引くのは、最後の逃亡だ。

それも、あまりに冷静な判断で下した、勝手すぎる現実逃避だ。

「ふざけるな」

「っ!!」

佐原は、それが許せなくて、飯塚に飛びかかった。一発の銃弾が空に放たれたが、勢いのまま飯塚から奪った銃を手にすると、逃げそびれた飯塚の顔に、銃口を向けた。

「誰が勝手に死なせるか。お前は俺が殺る。彼女たちの恨みは、俺がこの手で晴らす」

「佐原!!」

限界を超えて殺意が剥き出しになった佐原に、朱鷺が「やめろ」と言い放つ。

「初めから、この件に関しては、法で裁けるなんて思っていなかった。事件を追って陶山にたどり着いたときから、それは理想で、きっと現実は無理だ。俺の力じゃどうにもならないだろうって、気持ちのどこかで思ってた」

だが、飯塚にしかわからない真相があるなら、佐原には佐原しかわからないそれもある。

「それでも、どうにか正当な手段でって足掻き続けてきた。けど、そのために本間は命を狙われた。せっかく助かった、助けられた命をまた落としかけた。もう、綺麗事なんか言ってられない。ここでお前を殺らなきゃ、紗奈江さんも小百合さんも救われない。永遠に、永遠に成仏なんかできやしない」

十五年もの間、膨らむ一方で、決してしぼむことのなかった憎悪の念。と同時に、どうしてあの夜、紗奈江の姿を見失ったのか。たった、たったほんの一瞬の出来事だったと思うのに、祭りの熱気に捕らわれたがために、紗奈江とはぐれた後悔。

「俺が地獄へ送ってやる。十五年前のけりをつけてやる」

佐原は、両手で構えた銃の撃鉄を起こすと、引き金にかけた指に力を入れた。

紗奈江が死んだこの場所で、今こそ復讐を遂げると、引き金を引いた。

「佐原!!」

「っ!?」

しかし、その手は朱鷺に摑まれた。発砲した瞬間、力ずくで銃口を逸らされ、弾は飯塚から逸れて、地面にめり込んだ。

「やめとけ、もう…いいだろう。それ以上、自分をいじめるな」

朱鷺の言葉が、これまでで一番、耳にも胸にも重かった。

「それに、こいつにとって一番苦痛なのは、地獄を見るのは、ここで死ぬことじゃない。本当に恨みを晴らしたいなら、お前はどこまでも正当な手段を貫くべきだ。法のもとに奴を裁く。処刑台に送る。たとえこれから何年かかったとしても、それが死んだ者への一番の供養だ」

それでいて、これまでで一番酷だった。

「お前を心から愛した人間は、お前が手を汚すこと、罪を犯すこと、傷つくことは望まない。望んでいるのは綺麗なままのお前、そして、本当の幸せだけだ」

なのに、優しくて、愛おしくて、佐原は言葉もなく双眸から涙を零した。

「っ…っ」

溢れ出した涙に、どんな思いがあったのかは、佐原にしかわからない。

また、どんな意味を持っていたのか、こればかりは朱鷺にもわからなかったが――。

＊＊＊

飯塚を警察に引き渡したのち、佐原は朱鷺に連れられ、本間のもとへ向かった。

やはり、軽傷ではすまなかった本間は、両足にひどい怪我を負っていた。

しばらくは治療に専念し、リハビリをすればもとのように戻るとはいうが、それでも不自由はしいられる。東京の病院に転院はしても、入院生活は続きそうだった。

「すみませんでした。本当に――」

「いや、結局お前は、無理やり現場に同行させられてただけで、紗奈江さんには何もしてない。ちゃんと気にかけて、一度は去ったはずの現場にも戻ってる。ようは、飯塚の歪んだ嫉妬の犠牲になっただけだから」

「いえ。私は、怯えるばかりで何もできませんでした。あのとき奴らを止められていれば、彼女は傷つかずにすんだ。死なずにすんだ。その後の事件も起きなかった。全部私が悪いんです」

記憶を取り戻した本間からは、これまでのような強い毒気が感じられなかった。

これが陶山寿勝なんだろうか？　と、初めは佐原に思わせたほどだった。

「私に比べて堅司は、小さい頃からなんでもできました。なのに、祖父が馬鹿な私ばっかり可愛がって、堅司がどんな思いでそれを見ていたかも知らないで……。私がもう少しましだったら、堅司もあそこまでひねくれなかったかもしれない。私自身が、ちゃんと堅司から尊敬されるような人間だったら、まったく話は違ってたでしょう」

だが、話をするうちに、やはり本間は本間だった。記憶の有無と、本人の価値観や人間性は、それほど関係がないのかもしれないと、佐原には思えた。

「私が馬鹿で、ちやほやされて育った挙げ句に、なんの努力もしない人間だったから……。堅司は、我慢できなかった。あんなふうにするしか、不満もぶつけられなかったんだと思います」

本間の持つ正義感、潔《いさぎよ》さ、それでいてどこか詰めが甘い気のする人のよさは、記憶と共になくなったわけではなかったのだろう。

むしろ、そこはしっかり彼の中に残っていた。だからこそ、朱鷺にしろ、本間を拾ったという義父にしろ、名前さえ覚えていなかった彼を、家族として受け入れたのだろう。

「ま、陶山にとって飯塚は、同族嫌悪だったんだろうな。内孫、外孫っていうより、小さい頃からできすぎた飯塚に、脅威を感じてたんだろう。しかも、婿養子に出された息子の恨みも背負って自分を見ている感情も、理解していたのかもしれない。だからこそ、陶山はお前のほうに安心を覚えた。欲もなければ、闘争心もない。純粋に自分を慕ってくれる目に嘘もない。それこそ、馬鹿な子ほど可愛いの典型で、ついつい甘やかしたんだろう」

そして今もまた、同じ気持ち、変わらない気持ちでいるから、落ち込み続ける本間に対して、朱鷺も何一つ態度を変えなかったのだろう。

「奴が、政治よりお前が大事だって言ったことだけは、嘘じゃなかったんだと思う。どこでどんな嘘を重ねても、それだけは、事実だったんだろうよ」

その上、しっかりと陶山のフォローまで口にした。これは陶山を疑い続けた佐原には言えなかったことだけに、聞いていてありがたいと感じた。

「それでも、どう育とうが、どう甘やかされようが、今やお前は朱鷺組の幹部だ。これが本当のお前の姿だ。むしろ、初めから甘やかされずに育っていれば、心も身体ももっと強靭になっていた。それこそ陶山が恐れるような、肝の据わった後継者になってたかもしれないけどな」

ぶっきらぼうでガサツな面も目立つ朱鷺だが、人の心に触れるときは繊細だ。

「それはないですよ。私は、上に立つ器じゃありません。根本的に、支える側のほうが合ってるんです。だから、陶山寿勝で生きるより、本間竜司で生きるほうが幸せだった。楽だった。生まれ変わってからの記憶さえあれば、それ以前のことなんか、どうでもよかったんだと思います」

だが、それでも本間は自分が許せなかったのだろう。ベッドの中から自由に動く両手を、佐原に向けて突き出した。

「それでも、あの夜あの場にいた。なのに、何もできなかった陶山寿勝としての罪は償わなきゃいけないだろうと思うので、どうかお願いします。どうせなら、佐原さんの手で…私を」

佐原が手錠を持っているわけもないのに、まるで形式にでも則《のっと》ったように、本間は佐原の手で逮捕されることを望んでみせた。

「――生憎、お前に関しては時効が成立してるよ」

しかし、そんな本間の手を押し返すと、佐原は個人的な感情を抜きにして、一人の事務官として答えた。

「え？」

「たとえ、どんな理由であれ奴らと一緒にいた、共犯だったという見方をしたところで、厳密に計算したら法改正の前に、時効が成立してるんだ。事件の主犯で、その後四人を殺し、お前を自殺に見せかけて殺そうとした飯塚とは比べものにならない。だから、誰もお前を逮捕なんかできないんだよ」

こればかりは間違えるはずがない。今年の春までの十四年と八ヶ月、佐原は事件の時効とも闘い続けてきた。仮説に基づいたものではあったが、もしもこんな形で事件にかかわる者がいるならば、この日までには逮捕しなければという思いだけで、カレンダーを惓《めく》ってきたのだから。

「でも!!」

ただ、朱鷺にしか言えないことがあるなら、佐原には佐原にしか言えないことがある。

きっと、これは誰にも言えない、佐原しか言えないことが。

「それに、お前があの事件のことでどれだけ苦しんだのか、それは紗奈江さんや小百合さんのほうが知ってると思う。一度は三途の川の向こうとこっちで対面してるんだ。もしかしたら、お前まで死ぬことない、こっちへ来るなって、追い返してくれたのは、彼女たちかもしれないぞ。そういう、人たちだったんだよ――――俺を、家族にしてくれようとした人たちは」

だから、佐原はここへ来て初めて笑顔を浮かべた。自分も亡くした彼女たちのことをいい思い出に変えていく、今日からは新しい気持ちで過ごしていくことを、はっきりと示してみせた。

「なんにしても、戸籍上はもう、陶山寿勝はいないことになってる。死んだことになってるんだから、どうにもならないよ。お前は本間竜司として生きるしかない。朱鷺組の幹部として、朱鷺の片腕として、これかも生きていくしかないんだから、そこは諦めるんだな」

「佐原さん…っ」

ただ、佐原が笑ったのは、そのときだけだった。

本間の病室を後にし、いったん東京へ戻ると決めた移動中も、佐原が朱鷺の前で笑みを見せることは一度もなく、それから後はしばらく飯塚や陶山との件で警察との行き来もあっただけに、朱鷺もしばらくは様子を見ていた。

一段落つくまではと、黙って見守ることに徹していた。

しかし、さすがに一週間も経つと、舎弟たちが心配して騒ぎ出した。

「まだ気にしてんのか、陶山のことを」

「――――」

朱鷺は、久しぶりに佐原と二人きりの時間を作ると、自室の居間に呼びつけた。窓からのぞくことができる、晩夏の月夜を肴《さかな》に、冷えた日本酒を酌み交わした。そして、極力佐原の負担にならないよう言葉を選んだつもりだったが、結局はストレートに「原因はこれだろう」と口にした。

「いいじゃねぇか。多少痛い思いはしただろうが、それでもしぶとく生きてたんだ。まあ、さすがにもう政治の世界に返り咲くことはないが、それでも本間と再会できて、喜んでた。鬼の目にも涙だったじゃねぇか。本間だって、あの爺《じじい》に恨みはないから、ちゃんと孝行するって言ってたし。老い先短い年寄りにとっては、悔いのない余生になると思うぞ。お前のおかげでな」

「そんなことはない！　俺が早とちりをしなければ、撃たれなくてすんだ。せめて本間の意識が戻るまで傍にいれば、黒幕が飯塚だったたってことはわかった。俺は、十五年も勘違いしたまま、陶山が黒幕だと信じて追っていた。結果だけを言うなら、これは冤罪だ。俺は地検の人間として、もっともやってはいけないことをした。犯してはいけない罪を犯したんだ」

案の定、あれからずっと佐原を苦しめ続けていたのは、陶山のことだった。

「人一人の人生を狂わせるどころか、寿命まで狂わせるところだった。お前たちが駆けつけてくれなかったら、陶山は確実に死んでた。俺のせいで死んでた」

自分が知らずに犯し続けていた、冤罪のためだった。

「そりゃ、言っても始まらないんじゃねぇのか？　あの爺だって、お前との話の途中で、飯塚の暗躍には気がついた。だから、お前ときちんと話がしたくて、ナイフを取り上げた。別にお前に対して殺意はなかったし、誤解が解けたならそれでいいって言ってたじゃないか」

どんなに陶山が許してくれても、佐原は自分で自分が許せなかった。朱鷺がフォローしてくれても、それに甘えることができなかったのだ。

「それに、今回の事件は、お前の思い込みと執念がなければ迷宮入りだった。警察も地検も一度は投げた犯罪が明らかになっただけでも、犠牲者の魂は救われるよ。悪ガキ共の残された家族にしたって、多少は気持ちも変わるだろう。まあ、どう変わるかは、当事者になってみないとわからないことだけど、改めて線香の一本ぐらいは立ててやろうって思うかもしれない」

だが、だからこそ、朱鷺は佐原にもっと大きく広い目で、この事件を見ようと言ってきた。

おそらく佐原の視界から漏れていた者たちだって、この事件で大なり小なり人生を狂わされていたはずだ。被害者の家族も、加害者の家族もそれぞれの立場で苦しみ、真相がわかっているようでわかっていない現実に、行き場のない思いを抱えてきたのは、確かだろうから――と。

「朱鷺…」

そして、もっとも見落としてはいけないことも、言ってきた。

「だいたい、陶山の爺なんか、この件では白だったかもしれないが、叩けばいくらだって埃の出る身体だぞ。白か黒かって言えば、ありゃ間違いなく黒だ。これまでどんだけ賄賂貰って身を肥やしたかわかんねぇクチだし、実際料亭でかち合ったときだって、談合で来てたんだろう？　それを考えたら、悪事がバレる前に引退できたんだ。しかも、飯塚の犯した罪の責任を感じて出家するとか、どの面下げてって思うような言い訳しながら退けたんだから、奴にとっては最小限の痛手だよ。じかに鉛玉食らったおかげで、多少は世間からも同情もされてるしな」

これに関しては、容赦がなかった。が、確かにそう言われたら、それはそうだった。

佐原は陶山に関しては、別件逮捕でも、事情聴取でもできるネタを押さえていた。料亭で出くわした談合メンバー、あれを表沙汰にしなかっただけでも、陶山は充分佐原に感謝していたし、勝手に信用もしていたのだ。

もちろん、それが十五年前の事件解明のためだったことは後からわかったわけだが、それでも陶山ほど身に覚えのあることを重ねてくると、終わりよければすべてよし！　最悪な引き際にさえならなければ、笑ってすませることらしい。佐原にはとうてい理解できない内容だが、朱鷺にはそこそこわかるらしくて、かなり気軽に言ってくれた。

「それでも、けじめはけじめだよ。俺は陶山を冤罪で裁こうとした。あの場で飯塚を、本気で殺ろうとした。もう、検察庁には戻れない。その資格はない」

それもあってか、佐原の心は徐々に軽くなってきた。だったら後は、自分なりの責任を負えばいい。自分の中でけじめをつけるための行動を取ればいいと思えて、初めて辞職を口にした。

「別に、それだってもう、決まってたことだろう。お前は事務官辞めて、俺のところに来る。朱鷺の嫁になるって決まってたんだから、ぐだぐだ考える必要はない。あとは春日にでも頼んで、綺麗に処理してもらえ。あいつは忘れられるぐらいなら、頼られるほうが喜ぶ女だ」

だが、朱鷺からすればこれこそ待ちに待った言葉だ、佐原からの結婚決意表明だ。

「馬鹿言えよ。だとしても、俺は朱鷺組からだって逃げた男だ。極道なんかまっぴらだって言って、去った男なんだから、そんな都合のいい話があるわけないだろう！」

「んなの、俺たちを守るためだろう。これ以上、事件に巻き込まないように。危険が及ばないように。それだけのことだろう」

月の明かりを受けながら、極上の笑みを浮かべてみせる。

「それに、お前があんな事故程度で尻尾巻いて逃げるなんて、誰も思ってねぇから。俺以上に舎弟共のほうが、ありえねぇって言ってたしな」

手を伸ばせば届く距離に座っていた佐原に、もう逃げるなよ――と、祈るような気持ちで触れていく。

「お前なら、何が何でも犯人とっ捕まえて連れてこいって罵声を飛ばす。やられたことの十倍はやり返す。血祭りに上げてやるって、笑って言うのが当然だってよ」

「どんな極道なんだよ、俺は」

茶化しながら、おどけながら近づく朱鷺に、佐原は視線を逸らしながらも、ジッとしていた。

「こんな極道なんじゃねぇのか⁉」

「っ‼」

それでも、抱き寄せてきた朱鷺の手が太腿に触れ、浴衣の合わせを割ってくると、佐原は反射的に身を引いた。

「白い肌に、薄紅の蓮と朱鷺がよく映える。お前ほどこの俺に、この組に相応しい奴はいない」

だが、今夜は以前のように逃げられない。

朱鷺はその場で佐原を組み伏せると、浴衣の裾を大胆に捲り上げ、秘めやかに舞っていた朱鷺の姿をグッと掴んだ。

「っ…っ、やめろっ。見るな」

朱鷺は、久しく触れた佐原の肌に顔を埋めて、足の根元に口付けてきた。羽ばたく朱鷺の翼に舌を這わせ、佐原の欲情を誘い出す。

「やっ、見るなっ」

佐原は、必死に浴衣の裾を押さえ、足を閉じようとしたが、それらはすべて跳ねのけられた。

「いいから手をどかせ。これ以上は限界だ。もう、俺のほうがもたねぇ」

足の付け根から徐々に上へと這っていく愛撫に、佐原は全身を小刻みに震わせる。

「ずっと、こうしたくて仕方がなかった。お前を抱きたくて、愛したくて気が狂いそうだった」

帯が解かれて、浴衣の前がはだけた。すると、それはただ身体に絡んでいるだけの布になる。

「っっ、っ朱鷺っ」

自分ばかり乱されていく恥ずかしさ。なのに、朱鷺は佐原の利き手を摑むと、自分の下肢へ導いた。これ以上何をさせようというのか、佐原は懸命に手を引く。

「こいつがどれだけお前を恋しがってたか、わかるだろう？　俺が、どれだけお前を抱きたかったか、わかるだろう？」

しかし、いざ触れてみると、すでに朱鷺の欲望は漲《みなぎ》り、浴衣の合わせを割る勢いだった。

「傍に置きたいのは、好きだからだ。惚れてるからだ。他に理由なんかない。俺がお前を欲しがり求めるのは愛してるから――――、ただそれだけだ」

熱くて熱くてたまらない。これは、空調のせいでもなんでもない。

「っ…っ」

佐原は、朱鷺の欲望から手が離せないままキスをされると、このまま流されることへの不安よりも、何倍もの期待があることを自覚した。

「悪かったよ。感情に任せて傷つけて…。こいつは愚か者の証じゃない。俺への愛だ」

内腿に描かれた朱鷺が疼《うず》く。触れられ、愛でられ、激しく抱かれることを望んで、佐原はすべてを朱鷺に委ねた。

「天の邪鬼で高飛車で、気丈で俺様な佐原事務官が、ようやく見せてくれた本心だ。俺みたいなろくでもない極道を本気で愛してくれたっていう、確かな証だ。そうだろう?」

強引なようで、どこか控えめな要求に、思わずプイと顔を逸らした。

「意地っ張りが。こんなに濡らしておいて、違うなんて言わせねぇからな」

いつの間にか先走っていたペニスを摑まれ、佐原は観念したように片膝を上げる。

「ん…っ、朱鷺」

朱鷺の腰に絡みつけ、もう欲しい、お前が欲しいと合図した。彫りものばかりを愛でていた朱鷺の手を、秘所へと誘い込む。

「好きだ。ベタな台詞だが、愛してるよ」

佐原は、いっそう身体を開いて、二つの身体が一つになるのを静かに待った。

「後生だから、俺が死ぬまでに一度ぐらい、愛してるって言えよな。この唇で、この声で。なんなら、死に際でもいいからよ」

朱鷺はすっかり固くなっていた窄みを解すと、猛り狂った熱棒を押し当て、ようやく中へと埋め込んだ。

「佐原」

奥へ、奥へと埋め込み、佐原の身体を抱き締めた。

「ぁあっ、っんっ」

ようやく一つになれた悦びから、佐原も両手を朱鷺の肩に絡ませる。

「な…」

自分からも強く抱き締め、今夜は全身全霊で朱鷺のすべてを受け止めた。


「ずっと、ここにいろよ。舎弟たちもお前がいてくれたほうが安心するし、喜ぶ。綺麗で賢くてしっかりしてて。その上情に熱くて、姐としては言うことなしだってよ。ただし、組長や総長よりも怖いのが玉に瑕《きず》らしいが、それでも奴らはお前になら命を懸けるそうだから」

佐原の頭を抱きながら、朱鷺は窓からのぞく月を見上げて、ポツリと言った。

「揃いも揃って馬鹿ばっかだけど、俺と一緒に守ってやってくれ」

佐原が朱鷺の家に来てから、ベッドを共にするのは、これが初めてのことだった。

「――――ん。わかった」

こうして二人で横になると、案外狭かったのかもしれないと感じた。

一人で寝ていたときにはやけに広く感じたものだが、朱鷺がいるだけでだいぶ違う。佐原は、なんとなくそれが嬉しかった。

「わかったけど、その代わりにお前も少しは本気になれよ」

しかし、こんなふうに甘えてばかりもいられない。佐原は、この際自分の立場でしか言えないだろう、許されないだろうことを口にした。

「本気？」

「そう。いつまでも舎弟に、やきもきさせるな。鬼塚の隣に立ってやるぐらいの意気込みは見せろ。実際の立ち位置なんかどうでもいいけど、仕える者にはその意気込みが欲しいんだよ。見てわかる、実感できる〝欲〟が欲しいんだ」

それは、何気なく耳にした舎弟たちの本音、朱鷺にしか抱けない舎弟たちの理想だ。

「お前の夢を叶えてやりたいとか、野望を達成させてやりたいとか、そういうわかりやすいもんが必要なんだよ。あいつらには、目標がいるんだ。だから、そこは汲んでやれ。漢が上を見なくなったらおしまいだ。そうだろう？」

佐原は身体を起こすと、朱鷺の顔をのぞき込む。

「あいつら、変なところで根回ししやがったな。人の留守に…」

「だからって、戦国時代の武将を目指せって言ってるわけじゃないから。わざわざ戦争起こしてまで出世しろって言ってるわけじゃない。ただ、あいつらの前では、ぜいぜい鬼塚とベタベタしとけってことだ。お前がいつでも八島たちに取って代われる漢なんだって実感できれば、たぶんそれで納得するんだろうから」

自分が言わんとすることを、ちゃんと理解してくれただろうかと、その顔を見て確認する。

「――――ベタベタね。それでお前が変なやきもち焼いたり、舎弟たちに誤解されたりしなきゃいいけどな。毎晩女のところに通い詰めてるって」

「？」

　すると、朱鷺はこの際だと思ったのか、浮気を謝る代わりに言い訳してきた。

「俺にだって見栄はあるってことだよ。まさか総長相手に、毎晩くだ巻いて、酒かっくらってたなんて言えねぇだろう？」

　これまでだったら呆れていたかもしれない佐原の顔が、少しだけホッとしていた。安堵したのを見ると、朱鷺は「たまには言い訳もありだな」と思った。

「馬鹿だな…。ってか、どこまで迷惑な奴なんだ。それって、その間鬼塚も家族サービスできなかったってことだろう？　後で、揉め事の原因になっても知らないぞ」

「――それは平気だろう。あの人、やるとなったら時間も場所も選ばないから」

「俺なら確実に揉めるよ。そのほうが」

「あ、そっか」

　本当に気持ちが通じ合えば、こんな馬鹿げた話でも、心が和む。自然と笑みが浮かぶ。

「それにしても、こうなると後は判事だな」

　しかし、それが照れくさかったのか、佐原は突然話を切り替えた。

「なんのことだよ？」

「今の磐田会には、元警視庁の人間と俺がいる。今回のことで陶山も抱え込める。いや、もう奴の伝《つて》は身内同然で使えるだろう。ってことは、あと判事を引き込めば、政界と法曹界に完璧な癒着ができる。弁護士なんて金で雇えるんだから、周りを固めるならやっぱり使える上級公務員だ」

「ん？」

朱鷺は、なんの冗談かと首を傾げたが、どうしてどうして、佐原は本気だ。

「いや、欲を言うなら金融庁にもコネは欲しいか…。防衛省…、知り合いがいたな。一番手っ取り早いのは、やっぱり春日を味方にしておくことか？　春日一人を味方にすれば、霞ヶ関がバックにつく。天下を目指すならやっぱり春日の局《つぼね》は不可欠だよな」

いったい佐原は朱鷺組を、この先の磐田会をどうしようというのか、真顔で物騒なことを言い続けている。

しかも、佐原の怖いところは有言実行を地で行くところだ。

「あ、ちなみに俺は何があっても鬼塚にヘコヘコするのは嫌だからな。鬼塚に会うときだけは、今後も〝お前の連れ〟って立場は返上させてもらうから、そのつもりでいろよ」

「――――…」

朱鷺は、うっかり見てしまった佐原の本性―内に秘めた朱鷺《刺青》―のために、今後も鬼塚は言われたい放題なんだろうなと、一人窓の外を眺めて、頭を抱えた。

「さてと、夜が明けたら、奴らを叩き起こして、大掃除でもさせるか。障子の張り替えもさせたいけど、台所のリフォームもしたいな…。せっかくだから、庭にバーベキューコーナーも欲しいな。あんだけ男手あったら、なんでもできそうだし。あ、お前も率先して働けよ。下に示しがつかないからサボるなよ。いいな」

こんなことならもう少し凹ませておけばよかったか、悩ませておけばよかったかと後悔しつつ、朱鷺は、ここまで頼もしい鬼嫁もなかなかいないな、少なくとも、磐田会を見渡しても思い当たらないなと苦笑を浮かべると、

「はい」

自分はやっぱり犬タイプだ。佐原は飼い主タイプだったと、つくづく思い知るのだった。

おしまい♪

あとがき

こんにちは、日向《ひゅうが》です。このたびは本書をお手にしていただきまして誠にありがとうございました。本書はタイトル通り、極道モノで嫁モノです。かつてこんなに中身を主張したタイトルがあったかしらと思うぐらいストレートなタイトルです。いや、探せば案外あるかな？　もし気にかけていただけましたら、他の本も見てもらえたら幸いです。タイトルを見るだけでも、けっこう可笑《おか》しなものがあるかもしれません。基本、お笑いの人なので。さて、それはそうと近況です。最近激太りから脱出し、やっと標準体重になりました。自己流ですが食事改善のダイエットを始めて七ヶ月、十八キロ落ちました。そのうち経過やレシピをまとめてＨＰにアップしようかと思いますので、ご興味のある方はどうぞ。ＢＬとは無関係ですが…笑。ああ、それにしてもまたあとがきまでギュウギュウ。なので最後に、藤井《ふじい》先生、担当様、このたびもご一緒させていただいて嬉しかったです！　心から感謝します。ありがとうございました。

そしてこれを読んでくださった皆様へ、ＬＯＶＥ＆感謝♪

またお会いできることを祈りつつ――――。

日向唯稀《ゆき》♡

http://www.h2.dion.ne.jp/~yuki-h/

CROSS NOVELSをお買い上げいただき
ありがとうございます。
この本を読んだご意見・ご感想をお寄せください。
〒110-8625
東京都台東区東上野2-8-7　笠倉出版社
CROSS NOVELS 編集部
「日向唯稀先生」係／「藤井咲耶先生」係

CROSS NOVELS

極・嫁

著者

日向唯稀

2010年8月23日　初版発行　検印廃止

発行者　笠倉嗣仁
発行所　株式会社　笠倉出版社
〒110-8625　東京都台東区東上野2-8-7　笠倉ビル
[営業]ＴＥＬ　03-3847-1155
ＦＡＸ　03-3847-1154
[編集]ＴＥＬ　03-5828-1234
ＦＡＸ　03-5828-8666
http://www.kasakura.co.jp/
振替口座　00130-9-75686
印刷　株式会社　光邦
装丁　團夢見(imagejack)
ISBN　978-4-7730-8519-8
Printed in Japan